魔境育ちの全能冒険者《オールラウンダー》は異世界で好き勝手生きる!!

追い出したクセに
戻ってこいだと?
そんなの
知るか!!

4

Author
アノマロカリス

Illustration
れつな

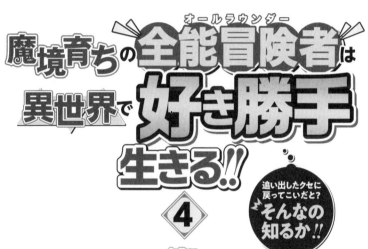

目次

Makyo Sodachi no All-rounder
Ha Isekai de Suki Katte Ikiru!!

ガイアン
肉体に絶対の
自信を持つ冒険者。
情報収集にも
長けている。
シオン
ちょっぴり天然な
リュカのパーティメンバー。
十八番《おはこ》は支援魔法！
キッド
魔剣とレアスキルで
戦う、獣人の少年。
その出自には
とある秘密が……。
主な登場人物
Main Characters

シンシア
レイピアが得意な魔法学園の生徒。子供のリュカと添い寝がしたい!?
クララ
気遣い上手な魔法学園の生徒。子供のリュカをギューッとしたい!?
リュカ
本作の主人公。全属性の魔法や卓越した剣術などあらゆる能力を使いこなすが、現在は子供の姿に……?
シドラ
ダンジョン内で発見されたタイニードラゴン。体に似合わずかなりの大食漢!
リッカ
リュカの双子の妹。聖女候補の修業をしている。お金が大好きでずる賢いところも。

第一章
「だいじけん！？」

Makyo Sodachi no
All-rounder Ha
Isekai de Suki Katte Ikiru!!

第一話　久々《ひさびさ》の再会（まさかこんな場所で？）

僕、リュカは、今日もクラウディア王国にある屋敷《やしき》の庭《にわ》で一人、剣の素振《すぶ》りに励《はげ》んでいた。

無心《むしん》のまま、剣を真《ま》っすぐに振るい続ける。

そんな作業を一時間ほど続けた後で、少し休憩《きゅうけい》することにした。

地面に座り込んで剣を手放すと、改めて自分の体に視線《しせん》を向ける。

……何度見ても、やはりこの姿を見ると悲しい気持ちになるな。

というのも、今の僕の体は、八、九歳《さい》くらいのころに戻っているのだ。

僕は溜息《ためいき》を吐《つ》きながら、どうしてこのようなことになったのかを思い返す。

冒険者として活動している僕は、仲間と共に、聖女候補である妹、リッカの護衛《ごえい》をしつつ旅をしていた。

その目的は七大陸に一つずつある穢《けが》れを浄化《じょうか》すること。

ここ、クラウディア王国に立ち寄ったのも、穢れを浄化するためである。

僕らは巨大な穢れの反応を辿《たど》り、クラウディア王国にある森に入った。

そこで出会ったのが、穢れの主《ぬし》である骸骨《がいこつ》の魔物、カトゥサだったのだ。

カトゥサは闇《やみ》を操る強大な力を持っており、［時間逆行《じかんぎゃっこう》］という、受けた者を若返らせる技を僕に掛けてきた。

その技を食らった僕は、この姿になってしまったという訳だ。

仲間の力を借りてカトゥサの無力化と、穢れの浄化には成功したのだが、僕の体はそれから一週間近く経《た》った今でも元に戻っていない。

しかも、なぜか魔力まで使えなくなっていた。

連れて帰ってきたカトゥサいわく、［時間逆行］の効果は一日という話だったんだがなぁ……。

ちなみに仲間の皆には、一足先に旅を再開してもらっている。

いつまでも僕の都合《つごう》だけで皆を待たせるのは申し訳ないからね。

そんな訳で僕は一人、体を元に戻す手がかりを探しつつ、少しでも力を取り戻そうと空いた時間に修業に励んでいるのだ。

小さく息を吐いて、地面に置いた剣を手に取ると、立ち上がる。

そして再び素振りを始めた。


こうして修業に取り組む日々がさらに数日ほど続いた。

その間にも体は元に戻らなかったが、修業のおかげか、嬉《うれ》しいことが三つあった。

一つ目は、僅かだけど魔力を使えるようになったことだ。

まぁ、今使える魔力量だと中級魔法くらいしか使えないけどね。

転移魔法や上級魔法、それに魔法同士を掛け合わせてより強力にする、複合統一魔法《ふくごうとういつまほう》なんかはまだ使用出来ない。

それでも、少しでも力が元に戻っただけで、希望が湧《わ》いてくるというものである。

二つ目は、魔力を使えるようになったことで、手の甲に紋章《もんしょう》が復活したことだ。

これで、普段は紋章にしまっている僕の仲間、タイニードラゴンのシドラを召喚《しょうかん》出来るようになったんだよね。

ちなみに、久しぶりに召喚したシドラが最初に発した言葉は、「あるじ〜お腹減ったョ〜」だった。

涙を流して僕の胸に飛び込んでくるかもと少し期待していたんだけど……まぁ、いつもと変わらないシドラを見て、思わず安心しちゃったからよしとしよう。

三つ目は僕の持つ魔剣、アトランティカの声が聞こえたことだ。

魔剣や聖剣と呼ばれる武器は意思を持っており、長く鍛錬《たんれん》をして心を通《かよ》わせると、会話が出来るようになる。

そしてこの状態になると、他の聖剣や魔剣の声も聞こえるようになるんだ。

以前はアトランティカと会話することが出来たんだけど、この体になってから出来なくなっていた。

しかし、魔力が使えるようになったのと同時に、アトランティカの声が再び聞こえるようになったのだ。

これで体を元に戻す手がかりが見つかるかも知れない。

アトランティカは物知りだからね。

そう思いながら、僕は日課となった素振りを終え、家のリビングへと向かったのだった。


リビングに辿り着いた僕はソファに座り、腰に差したアトランティカを抜く。

そして、目の前の机に置いた。

アトランティカと改めて話をするためだ。

僕はこれまで僕の身に何が起きたのか説明する。

「――という訳で、なぜか体が元に戻らないんだよ。原因とか、アトランティカに心当たりはない？」

僕が説明を終えた後にそう言うと、アトランティカは悩《なや》まし気に言う。

《うーむ。魔力を限界以上に使ったせいで老化が進行したという話は聞いたことがあるが、体が幼くなったまま戻らないなんて話は聞いたことがないな。そもそも［時間逆行］もよく知らん。相棒《あいぼう》の体は一体どうなっているんだ？》

「そんなのは僕が知りたいよ」

《相棒に起きた変化は小さくなったことと、使える魔力が減ったことだけなのか？　もう少し手がかりが欲しいぞ》

うーん、手がかりか……。そう言われてもなぁ。

僕は懸命《けんめい》に体が小さくなる以前と今を頭の中で比べる。

すると、一つ思い当たる点を見つけた。

「あっ、ダークの声が聞こえなくなったね！」

僕の体には、ダークと呼ばれる、意思ある呪《のろ》いが宿《やど》っている。

以前はそうしようと思えば心の中でダークと話が出来た。

しかし、今はいくら呼び掛けても返事がない。

ダークとは普段ほとんど話さないから、すっかり忘れていたよ。

《呪いと会話出来ない……か……意味はありそうだが、それだけではいまいち分からんな……他は？》

「流石《さすが》にこれ以上は思いつかないかな」

僕がそう言うと、アトランティカは静かになってしまった。

現状では、答えは出せないということだろう。

僕とアトランティカの間に沈黙が広がる。

うーん、アトランティカでも分からないのか……。

内心参《まい》ったと思いながらも、僕は暗い空気を変えるために言う。

「そういえば、皆は今ごろどの辺にいるんだろうね？」

皆は新たな穢れの反応があった、フレアニール大陸に向かっているはずだ。

皆がここ、クラウディア王国を出てから一週間くらい経っているし、今は大陸間の移動のため船に乗っているかもしれないな。

すると、僕の言葉にアトランティカが反応する。

《念話《ねんわ》は送ったのか？》

「送ろうとしたけど、無理だったよ。届けられなかった」

魔力が戻った後、僕はすぐに仲間に魔力による念話を送ろうとした。

しかし、届いた手ごたえがなかった。

今の僕の魔力量では、遠いところまでは念話は送れないということだろう。

《そうか。それでは故郷《こきょう》のカナイ村とも連絡は取れないのだな》

「そうなんだよ。母さんやとー祖母ちゃんと話せれば、体を元に戻す手がかりを見つけられるかもなんだけどね」

僕の故郷、カナイ村はゴルディシア大陸の北部にある。

カナイ村の周囲には強力な魔物がうじゃうじゃいるせいで、村に暮らす人々は普通の人と比べればかなり強い。

中でも僕の家族は「黄昏《たそがれ》の夜明け」という伝説的冒険者パーティの元メンバーで、信じられない強さを誇っているのだ。

だからこそ、元聖女である母さんや魔女である父方の祖母——とー祖母ちゃんの知恵《ちえ》を借りられれば、何かヒントを掴《つか》めるかもしれないという訳である。

まぁ、念話が届かない以上、それも今は叶わないんだけどね。

《魔猟祭《まりょうさい》はもう終わっているのだろう？　向こうから連絡はないのか》

「ないよ。連絡の一つくらい欲しいんだけどね」

カナイ村では毎年決まった時期の一週間ほど、土地の魔素《まそ》が一気に増大して魔物が増殖《ぞうしょく》する。

その魔物をカナイ村の人々で狩るのが、魔猟祭というイベントだ。

魔猟祭が終わったら家族の誰かが念話をくれるという話になっていたのだが、いまだになんの連絡もない。

家族の皆は結構適当だから、ただ単に忘れているだけだと思うけど、少し心配だ。

《誰とも連絡がつかないとなると、相棒はこれからどうするつもりだ？》

アトランティカに尋《たず》ねられ、僕は少し考えてから答える。

「体を元に戻したいんだけど、手がかりがないからね。このまま修業を続ければ戻るとも思えないし……」

今は毎日五千回素振りしているし、魔力が使えるようになってからは、魔力操作の訓練も欠《か》かさず行っている。

だが、力は少し戻っても、体そのものには全く変化がない。

修業を続けるのは前提として、何か別のアプローチが出来ればなぁ。

それに正直に言えば、家にこもって修業するだけの暮《く》らしに少し飽きてきた。

せめて冒険者ギルドで依頼でも受けられれば気分転換《きぶんてんかん》が出来るんだけど……。

僕が悩んでいると、突如として玄関の方から、コトンという音が聞こえてきた。

玄関《げんかん》にあったポストに何か物が入れられたのだろう。

「郵便《ゆうびん》だね」

そう呟《つぶや》くと、意識を切り替える意味も込めて、玄関へと向かった。

ポストを開けると、そこには派手《はで》な装飾《そうしょく》が施された封筒《ふうとう》が入っていた。

僕はそれを掴みリビングに戻ると、改めて封筒を見つめる。

……シフォンティーヌ公爵《こうしゃく》家の紋章と、ファルシュラム公爵家の紋章がついているな。

どちらもクラウディア王国の有力貴族家だ。

そんな家が、僕になんの用だろう。

あっ、もしかしてシンシアとクララからかな。

シフォンティーヌ家の令嬢《れいじょう》であるシンシア、ファルシュラム家の令嬢であるクララとは、僕が魔法学園に潜入《せんにゅう》した時に知り合い、今でも交流は続いている。

二人とも、僕に何か用があるのだろうか。

でも少し前に今の姿で二人に会ったら、思い切り子供扱《あつか》いされたんだよなぁ。

恥ずかしいし、今はあんまり会いたくないんだけど……。

僕は気が重くなりながらも、封筒を開ける。

「……あれ、これ、シンシアとクララからじゃないな……」

中に入っていたのは、シフォンティーヌ公爵とファルシュラム公爵の名前が書かれた招待状《しょうたいじょう》と手紙だった。

僕は不思議に思いながら、手紙を開いた。

そして、文面に視線を落とす。

……おいおい、近々シフォンティーヌ家で行われるパーティーに僕を招待するだって!?

なんでそんなことになったのか知るために、僕は手紙を読み進める。

すると、シンシアとクララの父親達が僕に直接会ってみたいという旨《むね》が書かれていた。

「マジかぁ～！　この姿で行くのはなぁ……」

思わず一人ごちる。

招待状には子供の姿でも構わないと書いてあったので、シンシア達から僕の事情は聞いているのだろう。

でも、多くの人が参加するパーティーに、今の姿で参加するのはかなり恥ずかしい。

それにパーティー用の服なんかも持っていない。

とはいえ招待主が公爵となると、断るのもマズそうである。

僕は手紙とにらめっこしながら、しばらく一人で悩み続けた。

招待状を受け取ってしばらくしてから、僕はシフォンティーヌ家の御者《ぎょしゃ》さんが操る馬車の客席にいた。

あれから改めて考えたのだが、パーティーには参加することにした。

恥ずかしいという理由だけで公爵家の頼みを断るのは、流石に失礼すぎるからね。

僕は緊張しながら、改めて周囲を眺める。

流石公爵家の馬車ということだろう。客用の座席が個室になっている。

いわゆる箱馬車だ。

装飾も非常に豪華《ごうか》であり、大きな窓からは周囲の景色も見える。

うーん、こんな馬車に乗るなんて、なんだか落ち着かないなぁ。

僕は田舎《いなか》のカナイ村育ちだ。

だから、貴族のパーティーになんて参加したことがない。

礼儀《れいぎ》とかもよく知らないけど、本当に大丈夫だろうか。

まぁ手紙で何度かやり取りし、マナーとかはそこまで気にしないでいいし、服装もいつも通りでいいと聞いてはいるけど……それでも不安は不安だ。

僕が落ち着かないでそわそわしていると、窓から外を見ていたシドラが言う。

「あるじ～たくさんの馬車が屋敷に向かっているヨ」

シドラはいつも通り、のんきな様子だった。

そんなシドラを見て、僕も少しリラックス出来た。

僕もシドラに合わせて窓の外を見る。

「あ、本当だ。それに、ここからでも屋敷が見えるね」

まだ少し距離はあるが、それでもシフォンティーヌ家の屋敷が見えている。

「あの、執事さん、この馬車達には今日のパーティーに招《まね》かれた人が乗っているんですか？」

僕の問いに、護衛係として客室に同乗していた執事さんが答える。

「それだけではないと思います。本日は屋敷の別ホールで、貴族の交流会も行われる予定なんです。そちらに参加する人も多いと思いますよ」

なるほど、どうりで多くの馬車が通っている訳だ。

公爵ともなれば、毎日のように他の貴族と交流しているのだろう。

想像もつかない世界である。

僕は興味深いと思いながら、シドラと窓の奥を眺め続けるのだった。


十分ほど馬車に揺《ゆ》られ、僕らはシフォンティーヌ家の敷地内《しきちない》に入っていた。

流石は有力貴族というべきか、屋敷の庭が広すぎて、もう敷地を囲《かこ》う外壁が見えなくなってしまった。

しかも、屋敷そのものも本当に大きく、立派《りっぱ》だ。

横幅が大きすぎて、視界に入りきらないほどである。

僕がそんな光景に感動していると、僕の乗っている馬車が、他の馬車とは異なる方向へ向かっていった。

馬車は屋敷の正面ではなく、裏口の方へ進んでいく。

そして、地下に繋がる入り口を通り、通路を進んで行くと、馬車が停《と》まった。

執事さんがドアを開けてくれたので、外に降りる。

周囲は開けた空間となっているが、ここは馬車の待機場所だろうか。

「ここに馬車を停めるんですか？」

僕がそう言うと、次いで降りてきた執事さんが答える。

「いえ、実はこの近くに来賓室《らいひんしつ》へと直通している隠し通路があるのです。リュカ様にはそこを通っていただこうと思いまして」

「表を通ってはいけない理由は何かあるのですか？」

「リュカ様はあまり目立ちたくないと伺《うかが》いましたので。それにそちらの飛竜も人目を引くでしょうし」

今の姿を見られるのが恥ずかしいという話は、事前に手紙で公爵家に伝えていた。

だからこのような対応をしてくれたのか。

「気を遣《つか》っていただいた訳ですね。ありがとうございます」

僕はお礼を言うと、執事さんはニッコリと笑い、近くの壁に手を当てた。

すると、壁の一部が突然スライドし、通路が出現する。

「どうぞ、こちらです」

おぉ、こんな仕掛けがあるのか。

僕は驚きながら、前を歩く執事さんについていった。

薄暗い道を五分ほど歩き、再び執事さんが近くの壁に手を当てると、また壁の一部がスライドした。

その通路の奥には、豪華な装飾で彩《いろど》られた部屋が広がっている。

ここか来賓室なのだろう。

執事さんの後に続いて部屋に入る。

「パーティの開始まではこちらでお待ちください。後ほど公爵様もいらっしゃると思います」

「分かりました」

僕がそう言うと、執事の人は隠し通路への入口を元に戻し、部屋を出て行った。

僕は改めて周囲を見回す。

部屋の中央には大きな四角形の机が置かれており、それを囲むようにソファが四つ配置されていた。

机の上に置かれた皿には、色鮮やかなフルーツが盛られている。

うーん、やっぱり凄い部屋だなぁ。

実家で暮らす二人のばーちゃんの部屋もレアな魔道具が置かれていて豪華だけど、ここまで品がある訳ではない。

まぁ、ただの平民の家と、公爵様の屋敷を比べてもしょうがないけどね。

僕は少し羨《うらや》ましく思いながら、ソファに座るのだった。


十分後、僕はメイドさんが持ってきてくれた紅茶を飲みながら一息ついていた。

シドラはテーブルの中央にあるフルーツを美味しそうに食べている。

メイドさんには食べてもいいと言われたけど、こんなところでも食欲が衰《おとろ》えないなんて、流石シドラだなぁ。

そんなことを考えていると、部屋の扉がノックされた。

僕が立ち上がり返事をすると、扉が開く。

そこには豪華な衣服を身に纏《まと》った中年の男性が二人立っていた。

彼らがきっと公爵だろう。

二人が部屋に入ってきたので、僕は頭を下げる。

「初めまして、リュカ・ハーサフェイと申します」

「初めまして。君のことは娘のシンシアから聞いているよ」

「私の娘のクララからもな」

二人はそう言うと、笑みを浮かべてからソファに座った。

「おい、シドラ。そろそろ――」

失礼だと思い僕がシドラに声を掛けるが、シフォンティーヌ公爵は大きな声で笑う。

「ははっ。私達が君を招いたのだ。気楽にしてくれ」

ファルシュラム公爵もその言葉に頷き、僕をソファに座るよう促《うなが》してきた。

二人が優しそうなことに安堵しつつ、僕はソファに腰掛ける。

そして改めて二人を見つめた。

両公爵とも、僕の父さんと同い年くらいだろう。

シフォンティーヌ公爵はシンシアと同じように肌が浅黒く、ファルシュラム公爵はクララと同じ青っぽい髪色をしている。

見分けがつきやすくてよかったと思っていると、シンシアの父のシフォンティーヌ公爵が口を開く。

「今日は来てくれてありがとう。娘は用事があって少し席を外しているが、すぐに来ると思う」

「いえいえ、気になさらないでください」

僕がそう言って頭を下げると、ファルシュラム公爵が感慨《かんがい》深そうに言う。

「それにしても君があのジーニアスの子供か」

「父さんのことをご存知なのですか？」

突然父さんの名前が出てきて、僕は思わず尋ねた。

シフォンティーヌ公爵が頷く。

「私達二人と君の父上のジーニアスは、学生時代を魔都《まと》ウィンデルで一緒に過ごした仲なんだよ。昔の学友という訳だ」

「学生の頃からジーニアスは頭一つどころか二つか三つも抜《ぬ》きん出た存在でな。試験の時はよく世話になったものだ」

父さんは錬金術師で、今は村で研究ばかりしている。

父さんの学生時代の話はあまり聞いたことがなかったけど、シフォンティーヌ公爵やファルシュラム公爵と知り合いだったなんて、驚きだ。

「そういう訳もあって、今日は君と直接話したかったんだ」

「まさか、小さくなっているとは思わなかったけどね」

そう言って、シファンティーヌ公爵とファルシュラム公爵達は愉快《ゆかい》そうに笑った。

イメージしていたよりもずっと気のいい人達だと、僕は思ったのだった。


それからしばらく、僕らは父さんの話題を中心に盛り上がった。

公爵達二人も、随分《ずいぶん》と砕《くだ》けた口調になっている。

「いやー、それにしてもまさか女に縁《えん》のなかったジーニアスが聖女様を掻《か》っ攫《さら》うとは思わなかったな！」

シフォンティーヌ公爵がそう言うと、クララの父親が懐《なつ》かしむように応える。

「そうだな。あれは世界を揺《ゆ》るがすニュースになったくらいだからな」

「え？　そうだったんですか!?」

そんな話、聞いたことがない。

僕が思わず聞き返すと、シフォンティーヌ公爵は楽しそうに笑った。

「考えてみなさい。神の教えを否定する錬金術師と、神殿《しんでん》の聖女様の結婚だよ。決して交わることがない水と油が交わったようなものだ」

確かに、理屈を重視し神の存在を信じない錬金術師は、聖女を始めとした、神を信じる人々に嫌われていると聞いたことはある。

でも父さんと母さんはそんな事情を感じさせることはなく、いつも普通に仲良しだ。

そんな二人の結婚が、まさか世界を揺るがすニュースになっていたなんて……。

父さんの話をもう少し聞こうとした瞬間、突然尿意《にょうい》を覚える。

うーん、体が小さくなってから、トイレが近くなった気がするな。

「お話の所すみません、お手洗いに行きたいのですが……」

僕がそう言うと、シフォンティーヌ公爵が答えてくれる。

「この部屋を出て三つ目の通路を右に曲がり、その後、左から二番目の扉《とびら》を開けるとお手洗いだ。

少し複雑だが、案内が必要かね」

迷惑を掛ける訳にはいかないと思い、僕は首を横に振った。

そして、頭を下げて一人で部屋を出る。

するとフルーツを食べ終えたシドラがついてきた。

僕らはトイレに向けて歩き出す。

えっと……確か三つ目の通路を右に……その後、左から二番目だっけ。

流石貴族の屋敷というべきか、思った以上に通路が広く、扉の数も多い。

先ほど言われたことを思い出しながら五分ほど歩き、何とかトイレを見つけた。

無事用《よう》を足《た》して、トイレを出る。

そして改めて周囲を見回した。

「あれ……どっちに行けばいいんだっけ？」

周囲をキョロキョロと見るが、帰り道がいまいち分からない。

うーん、行きと帰りは左右が逆になるはずだけど……。

子供の背丈《せたけ》だと見える景色にもちょっと違和感があるから、余計に分からなくなるな。

来た道を思い出しながらゆっくり歩いていくが、周囲にある扉のデザインがどれも同じで、いまいち進んだ感覚がない。

すると、シドラが口を開く。

「あるじ〜こっちから食べ物の匂《にお》いがするョ！」

そう言って、シドラは一つの扉の方へ飛んで行った。

もしかしたら、さっき食べていたフルーツの匂いをかぎつけてくれたのかな。

僕はそう思い、その扉を開ける。

しかし目の前に現れたのは大きなホールだった。

そこでは豪華な服を着た貴族と思《おぼ》しき人々が会話をしている。

部屋にいる人々の視線が一気に僕に集まる。

マズい！　部屋を間違えたぞ！

今日は貴族の交流会もしていると聞いたし、ここはその会場に違いない！

僕が謝罪の言葉を口にするより先に、ホールにいた騎士が近づいてきた。

「お前は誰だ！　ここに何の用だ！」

「あの、シフォンティーヌ公爵様やファルシュラム公爵様と来賓室で面会をしていたのですが、トイレに行っている間に帰り道が分からなくなってしまって……」

僕は正直に言うが、騎士は怒鳴《どな》り声を上げる。

「そんなみすぼらしい恰好《かっこう》をして！　見え透いた嘘を吐くな！」

いつも通りの服装で問題ないと言われたのだが、もしかしてこの騎士は僕のことを聞いていないのだろうか。

確かに事情を知らない人からすれば、今の僕は貴族、ましてや公爵と関わりがある人間には見えないだろう。

どう説明しようかと悩んでいると、ホールの奥から子供の声が聞こえる。

「パーティー会場の中に平民が紛《まぎ》れ込んでるぞー、追い返せー」

その言葉が聞こえた直後、貴族の子供達が複数人、笑みを浮かべながらこちらに向かって走ってきた。

どうしよう。彼らに捕まると余計騒ぎになるよな。

……よし、ここは逃げよう。

僕が走り出すと、すぐに子供達は見えなくなる。

いくら体が小さくなったといっても、ただの子供に捕まる訳はない。

そのまま二、三分ほど後ろを気にしつつ走っていると、気付けばテラスへと繋がる大きな廊下に出ていた。

僕は周囲を見回して呟く。

「とりあえず距離は取れたけど、帰り道が本当に分からなくなっちゃったな」

窓の先には立派なテラスと、その奥に整備された庭が広がっている。

こんな場所は見覚えがない。

どうしよう。どうやって来賓室に戻ろうか。

僕が頭を悩ませていると、廊下の奥の曲がり角から子供達の叫び声が聞こえてきた。

げっ、もう来たのか!?

周囲を見回し、隠れる場所を探すが、見当たらない。

すると廊下の奥から子供達が現れ、そのうちの一人が『あいつを捕まえろー』と言って僕を指さす。

これはまた逃げるしかないか。

しかし走り出す直前、元の僕と同じくらいの背丈の青年が、後方から現れた。

「待ちたまえ君達！　なぜこの子を捕まえようとする⁉　いじめは良くないぞ！」

青年は僕の前に立つと、子供達に向けて声を発した。

身長差があるせいで顔はうまく見えなかったが、この声……どこかで聞いたことがある気が……。

僕が記憶を辿っていると、子供の一人が口を開く。

「そいつがこの場に相応《ふさわ》しくない平民だからだよー！」

「……なるほど。だが、この子はどこかの家に仕える従者《じゅうしゃ》かも知れないぞ。それならここにいる資格はあるはずだ」

「それを聞くためにも、まずは捕まえないといけないじゃん！」

子供のバカにしたような言葉に、青年は落ち着いた声で答える。

「だが、この子が君達よりも上位貴族の従者だった場合はどうする？　その場合、君達は無礼を働いたことになる。お叱《しか》りを受けるのは君達のご両親だぞ」

親に迷惑を掛けると言われ、子供達が一気に難しい表情を浮かべる。

「ほら、この子は私が騎士の元へ連れて行くから、君達は両親の元へ戻りなさい」

青年にそう言われ、子供達はつまらなさそうにしつつも、その場から去っていった。

ふぅ、この人が誰か知らないが……凄く助かった。

お礼を言おうとした所で、僕を庇《かば》った青年はこちらに振り返った。

彼の顔を見て、僕は思わず叫ぶ。

「あ、ナガネギ！」

そこにいたのは、かつて魔法学園で知り合った青年、ナガネギこと、ナガネだった。

「ナガネだ！　ん？　君は私のことを知っているのか？」

ナガネはツッコミをした後、不思議そうに首を傾《かし》げた。

そうか、今の姿を見ても僕のことは分からないのか。

よし、からかう意味も込めて、ヒントを出してやろう。

「野菜で財を成《な》したディクソン伯爵家の長男であり、そして魔法学園では女の子の前で格好付けようとして僕に返り討ちにされ、さらに自慢だった魔剣グリルリーキを折られたナガネだろう。知っているよ」

「……君はうちの学園の生徒の弟さんか何かか？」

おいおい、ここまで言っても分からないのか。

僕は仕方ないと思い、腰に差した魔剣アトランティカの刀身を軽く見せた。

するとナガネは思い出したかのように叫ぶ。

「あっ、君はもしかして――!?」

「シー！　これ以上騒ぎを起こしたくないし、事情を説明するから周りに人がいない場所に案内してくれないか？」

ナガネは頷くと、近くの個室に案内してくれた。

どうやらここはナガネのために用意された部屋らしい。

僕はそこで、自分がリュカ・ハーサウェイであること、魔物と戦い子供の姿になったことを改めて説明した。

僕の説明を聞いたナガネは、驚きながら口を開く
「まさかそんなことになっていたとはな。魔剣アトランティカを見るまでは誰だか分からなかったよ。最初は誰かの弟さんかと思ったくらいだ」

「元の姿に戻りたいんだけど、戻る手立てがなくてね」

「なるほど……おっと、そうだ。今度会ったらこれを伝えようと思っていたんだ。新聞で見たぞ。第四の魔王を討伐《とうばつ》したんだってな。おめでとう！　さすが親友！」

確かに僕は少し前、この世界にいる七人の魔王の一人を倒した。

でも、僕はナガネと親友になった覚えはないぞ。

せいぜい少し仲良くなったくらいだ。

まぁ、助けてもらった恩もあるし……好きに呼ばせてやるか。

僕がお礼を言うと、ナガネは笑顔で頷いた。

その後、ナガネは再度口を開く。

「それで、小さくなった事情は分かったが、そもそも親友はなんでこんな所にいるんだ？」

「シフォンティーヌ公爵とファルシュラム公爵に呼ばれて、来賓室で話をしていたんだ。でもその最中にトイレに行ったら帰り道が分からなくなってね」

「なるほど、まぁこの屋敷は大きいからな。慣れていないと迷《まよ》ってしまうのも分かるぞ」

「そうなんだよ。それで来賓室を探していたら、間違えて貴族達のパーティー会場の扉を開けちゃってさ。それでさっきの子供達に追われていたんだ」

「そうか。まぁ今の親友の姿だと紛れ込んだ平民と思われても不思議じゃないしな……って、来賓室で話をしていたと言っていたな。席を外してからどれくらい経った？」

「正確な時間は分からないけど、三十分くらい経ってると思う」

「だとすると来賓室では今頃騒ぎになっているんじゃないか？　トイレに行ったきり戻っていないということだろう？」

その可能性は十分あるだろう。

ただ帰りたくても道が分からないんだよね。

それに、こんなトラブルを起こしてしまって大丈夫だろうか。

僕が不安そうにしていると、ナガネが自身の胸《むね》を叩く。

「道は私が知っているから案内しよう。それに事情の説明も手伝うさ」

「それはありがたいけど、君の家は伯爵家だろう。より目上である公爵家の人間と話すなんて、無礼になるとかはないの？」

貴族の事情はよく知らないけど、気軽に爵位が上の相手に話し掛けるなんて出来るのだろうか。

しかし、ナガネは自信を持って言う。

「我がディクソン家はシフォンティーヌ家やファルシュラム家にも野菜を多く供給しているからな。爵位は異なるが、関係は良好だ。その辺りも心配ない」

そう言って笑うナガネに、僕は頭を下げる。

「どうしようか困っていたんだけど、助かるよ！」

「気にするな、親友だろ！」

「ありがとう……ナガネギ！」

「だからナガネだっつーの！」

ナガネは叫んだ。

その反応を見て、僕は思わず笑ってしまったのだった。

ナガネに案内されて、無事来賓室に戻ることが出来た。

どうやら公爵の二人は、中々戻ってこない僕を心配していたようだった。

そして先ほど言っていた通り、客室にはシンシアとクララもやって来ていた。

僕はナガネに手伝ってもらいながら、皆に事情を説明した。

「――という訳で、道に迷っていたところをナガネに助けてもらったんです」

「なるほど、流石はディクソン伯爵家の嫡子《ちゃくし》だ」

「前々から見どころのある青年だと思っていたが、実に頼りになるな」

ファルシュラム公爵とシフォンティーヌ公爵は、感心したように言った。

自分の評判が上がっているのを聞いて、ナガネも嬉しそうにしている。

すると、今度はシンシアが口を開く。

「でも良かった。リュカ君もいなくなっちゃったらどうしようと思ったの」

「も？　他にいなくなった人がいるの？」

僕が尋ねると、今度はクララが答える。

「実は少し前から、魔法学園のピエール学園長と連絡が取れなくなっちゃってね。学園にも家にもいないみたいなの」

ピエール学園長は少し前、魔猟祭の手伝いをするためカナイ村に行っていたはずだ。

でも魔猫祭はもう終わっているはずで……どういうことだろう。

あっ、そういえば、家族とも連絡が取れなくなっているんだった。

カナイ村に何かあったのだろうか。

いやでも、まだ偶然《ぐうぜん》かもしれないし、何か確認する方法は……そうだ！

「あの、クラウディア王国の軍部にアレクセイという者がいるんですけど、所在を確認する方法はありますか？」

僕が尋ねると、シフォンティーヌ公爵が答える。

「軍部に知り合いはいるし、通信の魔道具を使えばすぐにでも確認は取れると思うが、その人に聞けば何か分かるのかい？」

「ピエール学園長は少し前、僕の故郷であるカナイ村に来ていました。そしてアレクセイさんも同じ時期にカナイ村に来ていたはずなので、何か事情を知っているかもと思いまして」

「分かった、大至急確認しよう」

ファルシュラム公爵は執事を呼び、軍部に連絡するように伝える。

数分してすぐに執事が戻って来て、結果を伝えてくれる。

アレクセイさんはカナイ村から戻っておらず、連絡が取れなかったらしい。

「アレクセイさんも帰ってないか……カナイ村で何が起きているんだ？」

僕は思わず呟いた。

カナイ村に向かった人の消息《しょうそく》がこれほど不明になっているとなると、何かしらトラブルが起きたのは間違いないだろう。

あそこは僕の故郷だし、知り合いも多い。心配だ。

でも、今の僕は転移魔法が使えないし、すぐにこの国から出ることは出来ない。

それならどうするか。

僕は少し考え、呟く。

「……馬車と船で行くしかない……か……」

すると、シンシアが反応する。

「リュカ君、もしかしてカナイ村に行くつもりなの？」

「うん。家族の皆が心配だからね。それに母さん達に出会えれば、体を元に戻す手がかりを見つけられるかも知れないし」

僕がそう言うと、クララが意気揚々と答える。

「なら、私もリュカ君に同行します！」

さらにシンシアも続いた。

「私も！　今の私達のレベルなら、ついていっても問題ないと思うし！」

まさかそんなことを言ってもらえるとは思わなかった。

その気持ちはありがたい。

だが、二人がついてくるのは問題あるだろう。

確かにシンシアとクララならレベル的には心配はない。

しかし、娘が何かしらのトラブルが起きている現場に行くことを、公爵方が許してくれるのだろうか。

僕がそう思っていると、シフォンティーヌ公爵が口を開く。

「駄目《だめ》だ！　と言いたい所だが、リュカ君には世話になったのだろう。恩返しの意味も込めて、行ってきなさい」

ファルシュラム公爵も頷いていた。同意しているのだろう。

二人の様子を見て、シンシアとクララは笑みを浮かべた。

「お父様！　ありがとうございます！」」

しかし、シフォンティーヌ公爵は厳しい口調で続けた。

「とはいえパーティのメンバー構成を考えると、もう一人くらい誰かに同行してもらいたいのだが……」

確かに、子供と女の子二人のパーティとなると、変な奴らに絡まれる可能性も高そうだ。

とはいえこのような時に頼れる知り合いは思いつかない。

僕は少し考えて呟く。

「外部の冒険者に頼む……いや、身元がよく分からない人も危険だな」

そう言って悩んでいると、後ろから肩を叩かれた。

振り返ると、先ほどまで黙っていたナガネが笑みを浮かべていた。

「俺が同行しよう」

ナガネはそう言うが、僕は素直に頷けない。

彼とは以前戦ったことがあるが、その実力は低いと言わざるを得なかったからだ。

しかし、僕の心配を見透かしたようにナガネは続ける。

「レベルは心配ない。以前親友に魔剣を折られてから、死ぬ気で鍛えたからな！　今の俺のレベルは70を超えている」

レベル70と言えば、カナイ村で修業をしていた時のシンシアとクララと同じくらいだ。

つまりナガネも、一般的な魔物には到底負けない程度の実力はあるということだ。

ただ腕っぷしの面では問題なさそうだけど、ナガネだって貴族だ。

危険な場所についてきてもらって良いのだろうか。

僕は不安になり、ナガネに『本当にいいのか』と尋ねるが、ナガネは『親友だろ！』と言って、笑みを浮かべてくれた。

その後、改めて今後の話をし、物資の支援をシフォンティーヌ家とファルシュラム家から約束された。

そして、クラウディア王国を出発するのは、皆が準備を終えた三日後ということになったのだった。

閑話《かんわ》 動き出すあの男……（皆さん、覚えていますか～？）

オレの名はゴーダ。オレは今バストゥーグレシア大陸の港にいる。

目の前にはオレが乗る、ファークラウド大陸行きの船がやって来ていた。

くくく、いよいよオレの目的を果たす時が来たのだ。

オレは少し前までは無人島にいて、そこでとある男に復讐《ふくしゅう》するために修業に取り組んでいた。

その修業を終えたので無人島を脱出し、新たな大陸に向かうべく港にいるという訳である。

オレが笑みを浮かべつつ船を眺めていると、腰に差した魔剣から念話が送られてくる。

《主人よ。そろそろ出発の時間ではないか？》

オレに話し掛けているコイツは、オレがいた無人島の北の崖に突き刺さっていた魔剣で、名をネグドディザスターという。

「そうだな。そろそろ乗るか」

オレはネグドディザスターに返事をして、船に乗り込んだ。

その最中、ネグドディザスターとの出会いを思い返す。

無人島の崖に刺さったコイツは、得体のしれない紫色《むらさきいろ》の煙を纏っていた。

いぶかしみつつコイツに触れたその瞬間、オレは突如として地獄の苦しみに襲《おそ》われ、その場で意識を失った。

だが、その後に目を覚ましてからは、魔力が増大し、ネグドディザスターの声が聞こえるようになっていたのだ。

今もあの時の苦痛ははっきりと思い出せる。

とはいえ、力を手に入れられたのだから、コイツには感謝しているがな。

そんなことを思い出していると、ネグドディザスターが声を掛けてくる。

《主人よ、まずは主人の復讐に力を貸すが、その後は我の復讐にも手を貸してもらうぞ！》

「それは構わんが、お前が復讐したい相手は英雄ダンなんだろ？　だが、英雄ダンはとっくに死んでいるぞ？」

《我が復讐を果たしたい相手はダン本人ではない。奴の仲間の槍使《やりつか》いの男だ。奴にはエルフの血が流れていたからな。まだ生きているはずだ》

「ほう。そうなのか。とはいえ百年も経っているんだ。その男だって寿命以外で死んでいてもおかしくはないがな」

なんでもネグドディザスターは、元は百年ほど前に世界征服を企《たくら》んだ魔王、サズンデスの配下《はいか》の一人に所有されていたらしい。

だが、魔王を倒した英雄ダンの一味に主《あるじ》がやられ、そこから百年もの間、誰の目にも気付かれず放置されていたとのことだ。

英雄ダンのことはオレも知っている。

子供の頃からダンの英雄譚《えいゆうたん》を絵本で読み聞かされていたというのもあるが、オレの祖先は、あの英雄ダンを追い詰めたことがあると、家族からよく伝えられていたのだ。

まぁ、ダンの仲間のことはよく知らないが、それはオレには関係ないだろう。

「お前の復讐については分かった。それよりネグドディザスターよ、なぜファークラウド大陸に行きたいんだ？」

ファークラウド大陸に行こうと言ったのはネグドディザスターだったため、オレは尋ねた。

《四種類もの魔剣の反応がファークラウド大陸にあるからだ。主が復讐したい相手は魔剣を持って

いたのだろう?》
「そういうことか。確かに魔剣を持っている人間を片《かた》っ端《ぱし》から潰《つぶ》していけば、いつかアイツにも出会えるだろうからな」
オレがそう言うと同時に、船が出発した。
これより、オレの復讐が始まるのだ!

◆　◆　◆　◆

我の名は、ネグドディザスター。

斬られた相手に厄災《やくさい》を与える、呪われた魔剣の一振りである。

かつての我の所有者は、魔王サズンデス様の配下である幻魔剣士《げんまけんし》、デスブリンガーだった。

デスブリンガーは大変素晴らしい性格の持ち主だった。

世の中の全てを憎《にく》み、向かってくる者達を皆殺しにする。

我の使い方を理解し、我を満足させてくれる使い手だった。

だが、今度の主人のゴーダという男は、志《こころざし》が物凄く低い。

復讐がしたいと言ってはいるものの、心の奥では相手を殺したいとまでは思っていない。

ただ、勝利して見下したいだけなのだ。

ハッキリ言って生温《なまぬる》い。生温すぎる。

使い手を選べるのであれば、こんな生温い相手を選んだりはしないだろう。

だが、この男以外の人間には百年間出会えなかった。

そのため、妥協《だきょう》せざるを得なかったのだ。

とはいえ、希望はある。

ゴーダにも言った通り、我は他の魔剣がどこにあるか分かる固有能力を持っている。

その能力により、ファークラウド大陸に魔剣の反応を四つ見つけた。

そのうちの一刀の気配には覚えがある。

恐らくは我と同格の魔剣、ブラドノーヴァだろう。

ブラドノーヴァが主人と認めるということは、奴の主人はよほど大きな闇を抱《かか》えているに違いない。

もしそいつと出会えたら、ゴーダなどという無能とはすぐに別れてやるつもりだ。

そう思っていたのだが、ファークラウド大陸に向かう船の中で、突如《とつじょ》としてブラドノーヴァの反応が消失した。

そのことをゴーダに伝えるが、奴は特に気にした様子ではなかった。

「どこかに移動したのではないか？　それに他の気配は残っているんだろう。ならばそれでいいさ」

《うーむ……微《かす》かな残り香のようなものは感じるのだがな》

その後ファークラウド大陸に到着し、クラウディア王国の街に来たところで、改めて魔剣の反応を調べる。

やはり、この大陸に魔剣の反応は三種類しかない。

一つは、遥か遠い、地の底からの反応だ。

もう二つはこのすぐ近くから来ている。

ブラドノーヴァはどこに行ったのだろうか。

《うぅむ……気になるな？》

「どうした？　魔剣の反応が近いのか」

《おお、反応だったな。徐々にこちらに近づいてきているぞ》

我がそう言うと、ゴーダは好都合と言わんばかりに笑って歩き出した。

だが、我は僅《わず》かな胸騒ぎを感じていた。

第二話　再戦！　リュカvsゴーダ（それと厄介《やっかい》な存在も……）

僕、リュカはシンシア、クララ、ナガネと共に街を歩いていた。
カナイ村を目指す旅が始まったのだ。
最初の目的地はクラウディア王国の港、マウロ港。
そこから、船でカナイ村のあるゴルディシア大陸に向かう予定だ。
ちなみにシドラは目立つので、基本的には紋章の中にしまっている。
あと、家にいた骸骨の魔物、カトゥサは置いてきた。
シンシアとクララが気味悪がったし、いても出汁を取る以外には役に立たないからね。
まぁ、骸骨なら餓死《がし》することもないし、平気でしょ。
そんなことを考えていると、突如として背後から声が聞こえてくる。
「お前達は……あの時のかわい子ちゃん！」
声のした方へ振り向くと、そこには見覚えのない男が立っていた。
男の目線は僕ではなく、僕の後ろにいたシンシアとクララに向いている。

「シンシアとクララの知り合い？」

僕が尋ねると、シンシアがうろ覚えといった様子で答える。

「魔法学園を出た後に、私達にいきなり絡んできた人に似ているような……。名前はゴーダ？だったかも……」

あれ？　そんなことあったっけ？

僕は当時の記憶を辿ったが、一切思い出すことが出来なかった。

記憶力はそれ程悪くないと自負《じふ》しているけど、まぁあの時は学園のトラブルを解決したり、第四の魔王デスゲイザーと戦ったり、イベントが盛りだくさんだったからね。

忘れていてもしょうがないだろう。

ゴーダは僕らを改めて見つめ、口を開く。

「む！　あの時にいた青髪の女がいないな」

「青髪って……リッカのことを言っているのか？」

リッカのことを知っているとなると、やっぱりコイツとは会ったことがあるのか。

ゴーダの言葉を聞いて、シンシアとクララは小さい声で言う。

「そっか、あの時はリッカもいたよね」

「そうね、この人の舐《な》め回すような視線が嫌だったって言ってたわ」

あのリッカにそこまで言わせるとは……。

まぁ、確かに今もゴーダはシンシアとクララにいやらしい視線を向けている。

当のゴーダはシンシア達の声が聞こえていないようで、二人をじっくり眺めた後で言う。

「おい。あの女みたいな黒髪の男はどうした？　オレは奴に復讐するためにここにいるんだ！」

女みたいな黒髪？　それは僕のことか？

心の内で、急速に怒りが大きくなっていくのが分かった。

僕は自分の顔が女みたいと言われるのが、我慢《がまん》ならないのだ。

「あ……」

「リュカ君の前でそれは……」

僕の様子を察したようで、シンシアとクララは焦《あせ》ったような声を発した。

おっと、マズい。ここで怒ってシンシア達に迷惑を掛ける訳にはいかない。

小さく深呼吸して、何とか心を落ち着ける。

そんな僕を無視して、ゴーダは意気揚々《いきようよう》と言う。

「まぁ、奴がいないのであれば仕方ない！　とりあえず邪魔な男とガキをボコボコにして、かわい子ちゃん達をもらってやろう！」

「「そんなのお断りよ！」」

シンシアとクララは怒りながら身構える。
それを他所《よそ》にゴーダは腰にあった剣を抜いて、僕とナガネに向けて来た。
「ここで名乗ろう。オレの名前はゴーダ！　村では神童《しんどう》と呼ばれ、現在は魔剣ネグドディザスターを所有する者なり」
カッコつけたその自己紹介を聞いて、僕の腰に差さったアトランティカが反応した。
《ネグドディザスターだと⁉》
《知ってるの？　アトランティカ》
《あぁ、ネグドディザスターもブラドノーヴァと同様に魔界で製造された強力な魔剣だ！》
ブラドノーヴァとは、僕の元々いたパーティのリーダー、ザッシュが持っていた剣だ。
ザッシュとは少し前に戦ったが、ブラドノーヴァの能力が凄く強力だったのを覚えている。
僕が警戒を強めると、今度は奴の剣から声が聞こえてくる。
《その声は……エグゼンリオンか、百年ぶりだな！》
《今のオレの名前はアトランティカだ！》
ネグドディザスターにアトランティカが答えた。
僕も詳《くわ》しくは知らないが、アトランティカは以前は、聖剣エグゼンリオンと呼ばれていたらしい。
《ふん！　そんなことはどうでもよい。それより、あの槍使いの男はどこにいる》

《槍使いの男って……？》
僕の仲間に槍使いはいない。
だから気になったのだが、アトランティカが答えてくれる。
《恐らくガイウスのことだろう。ネグドディザスターは元々、魔王サズンデスの配下である三元将の一人、幻魔剣士デスブリンガーの所有物だった。そのデスブリンガーを葬《ほうむ》ったのがガイウスなのだ》
《なるほどね……》
ガイウスさんは魔王を倒した英雄、ダンのパーティメンバーであり、トレジャーハンターであるかー祖父ちゃんの師匠でもある人だ。
子供のころだけど、直接会ったことがある。
《デスブリンガーがやられた時に、ネグドディザスターも消滅したものとばかり思っていたのだがな》
《だからアトランティカが驚いていたんだね？》
ゴーダが持つ魔剣ネグドディザスターを見た。
ザッシュが持っていた魔剣ブラドノーヴァとはまた違った、妖《あや》しいオーラを放っている。
僕はネグドディザスターに尋ねる。

《ガイウスさんに会って何をするつもりなの？》
《そんなことは決まっている。あの男に復讐するのだ！》
《復讐と言っているが、ネグドディザスターよ。言っては何だが、その使い手では返り討ちにされるのは目に見えているぞ！》
《…………》
アトランティカに言われ、ネグドディザスターは黙ってしまった。
確かにネグドディザスターからは妖し気な力を感じる。
だが僕の目から見ても、ゴーダの構えや魔力量は優れているようには見えない。
なぜそんなゴーダがネグドディザスターのような強力な武器を持っているのだろう。
僕のアトランティカはとー祖父ちゃんから受け継いだ物だし、ゴーダも先祖から受け継いだとかだろうか。
……あれ、先祖？　ゴーダ？
僕はとあることを思いつき、アトランティカに尋ねる。
《ねぇ、アトランティカ。村にあった英雄ダン直筆《じきひつ》の手記に、コーダっていう名前が書かれていたのを思い出したんだけど。もしかしてゴーダはそいつの子孫なのかな》
《そう言われてみれば……ダンとクリアベールが良い雰囲気になろうとしていた時、それを邪魔し

ようとした奴に顔が似ているような気がするな》

クリアベールとはダンの妻で、ダンと一緒にカナイ村を作った人物だ。

なるほど、何となく分かって来たぞ。

僕はそう思い、今度はゴーダに直接問い掛けてみる。

「ゴーダと言ったな、お前の出身はゼーペイグ村か？」

「き……貴様！　何故《なぜ》オレの故郷の名前を知っている？」

「やっぱりね」

コーダの出身がゼーペイグ村だったからもしやと思ったが、僕の予想は当たっていたみたいだ。

「おい、質問に答えろ！　何故貴様がオレの故郷の名前を知っているのだ!?」

「村にあった手記に、ゼーペイグ村出身のコーダという奴が出て来たんだ。しかもその男は自分のことを村では神童と名乗っていたらしいしね」

やっぱりゴーダはコーダの子孫だったのか。

僕が納得していると、ゴーダは誇らしそうな笑みを浮かべた。

「ほう。我が祖先のことを手記に残すとは。そいつは中々に見どころがあるな。そう、オレは偉大なる祖先、コーダの遺志《いし》を引き継ぐ者なり！　聞いて驚け！　コーダはかつて魔王サズンデスを倒した英雄ダンを追い詰めた――」

「その手記には、コーダはダンとクリアベールの逢瀬《おうせ》を邪魔して、ボコボコにされたって書いてあったけど？」

僕がそう言うと、ゴーダは一瞬のうちに顔を真っ赤にし、僕を睨《にら》みつけた。

「き、貴様……ふざけるなよ！　適当なことを言うな！」

適当と言われても、ダン本人が残した手記だから、間違っていないと思うんだけどなぁ？

そのことを正直に話してもいいけど、まぁ折角《せっかく》だし、少しからかってやるか！

僕は大きく息を吸うと、胸を張って言う。

「僕の名前はリュカ！　英雄ダンを祖先に持ち、その遺志を引き継ぐ者なり！　だからコーダのこともよく知っているのさ！」

「何だと!?　貴様が英雄ダンの子孫だというのか！」

「その証拠に、僕の所持する剣は英雄ダンと同じ物だ！」

アトランティカを掲げると、アトランティカはそれに応える様に刀身から光を放った。

ふふ、アトランティカもノリがいいじゃん。

まぁ本当のことを言うと、僕とダンに血の繋《つな》がりはないんだけどね。

そもそもダンとクリアベールの間に子供はいないし。

だがそれを知らないのか、僕の周りにいた、ナガネ、シンシア、クララは驚いた声を上げる。

「おい、親友……君は英雄ダンの子孫だったのか!?」

「だからリュカ君は、魔剣アトランティカを持っていたのね!?」

「魔王を倒すなんて偉業《いぎょう》を成し遂げるのも納得だわ！」

三人から尊敬《そんけい》の視線が向けられる。

これは後でフォローをしておかないといけないな。

そんなことを思っていると、ゴーダは不敵な笑みを浮かべた。

「ふっふっふ……英雄ダンの子孫とは面白い！　互《たが》いに祖先の遺志を継ぐ者として、貴様に決闘《けっとう》を挑む！」

子供の姿の僕に決闘を挑むなんて、コイツ、大人げないなぁ。

まぁ、今の姿でもゴーダには負けそうにないし、受けてやってもいいけど。

だが僕が口を開く前に、ネグドディザスターが焦ったように言う。

《主よ。ここは退《ひ》いた方が身のためだ！　今の主ではこの者には勝てん！》

「何を馬鹿なことを……オレがこんなガキに後《おく》れを取ると思っているのか!?」

《この者は体の奥にとてつもなく巨大な魔力を秘《ひ》めているぞ！　それが主の目には入らないのか!?》

「そんなことは関係ない！　祖先の因縁の決着をオレが付けるのだ！」

ゴーダはネグドディザスターの言葉を無視して僕に斬りかかってくる。
僕はそれを呆気なく弾き返した。
随分と力が弱いな……。
僕はナガネ達に一人で十分だと伝えると、剣を改めて構えた。
するとゴーダが後退し、慌《あわ》てながら言う。
「な……！　ネグドディザスター、何故オレに力を貸さない⁉」
《………》
「おい、答えろ！」
《………》
ネグドディザスターは完全に黙ってしまった。
それを見て、僕はアトランティカに念話で話し掛ける。
《揉《も》めているみたいだね》
《ネグドディザスターが所有者を拒否したんだろうな。ネグドディザスターはブラドノーヴァ以上に厄介な力を持っているが、あの状態では力を引き出すことは出来ないだろう》
《てことは、今が倒すチャンス？》
《そうだな》

その言葉を聞いた僕はゴーダに向かって突進する。

僕が迫っているのに、ゴーダはネグドディザスターに話し掛けているだけだった。

流石に剣で切るのはかわいそうだと思い、拳による一撃をゴーダの腹に叩き込んだ。

そして後方に離脱する。

無抵抗のままそれを食らったゴーダは、叫び声を上げて倒れたのだった。

ゴーダは苦しそうに言う。

「おい……ネグドディザスター……お前が力を貸さないばかりに……」

《主よ、我は忠告《ちゅうこく》したではないか。今の主では、あの者には勝てぬと！　それを無視したのは主だろう》

「だが、祖先の因縁に決着を……」

《では、力を得る方法を教えてやろう。たった今、我は良い物を見つけてな。主の目の前に、異常な気を放つ魂《たましい》があるのが見えるか？》

「それって……コレのことか？」

ゴーダは目の前の何もない空間を指さした。

魂？　力？　何を言っているんだ？

僕の疑問を無視してネグドディザスターは続ける。

《そうだ。それを取り込むことにより我らの力は増大するだろう！　さあ！　手を伸ばせ！》

「……分かった！」

ゴーダは虚空《こくう》に向けて手を伸ばした。

よく分からないが、何かマズそうだぞ！

僕は慌ててゴーダに再度突っ込もうとするが、それより先にネグドディザスターの刀身が妖しく光りだした。

その後、ゴーダが大きな悲鳴を上げた。次の瞬間、奴の体から巨大な魔力が発せられる。

僕は突進をやめ後ろに下がり、奴を観察する。

ゴーダはうっすらと笑みを浮かべて立ち上がった。

そして、無言のまま、自分の両手を確認している。

僕は警戒しつつ、アトランティカに話し掛ける。

《一体何があったのか、アトランティカには分かる？》

《あのゴーダという男の気配が明らかに変化したぞ》

《変化したって？　どういうことさ？》

アトランティカが答えるより先に、ゴーダが言う。

「フッフッフ……久々に声を聴《き》けて嬉しいぞ。リュカ!!」

ゴーダは僕を睨みつけ、そう口にした。

声そのものは先程話していたゴーダと変わっていない。

だけど、奴の雰囲気は明らかに以前とは異なっている。

僕は叫ぶ。

「お前は、ゴーダじゃないな！　一体何者なんだ⁉」

「リュカよ、まだ俺様のことが分からないのか？　まぁ、お前が小さくなったように、俺の姿も変わっているからな！」

口ぶりからするに、コイツは知り合いなのか？

僕が記憶を辿っていると、ゴーダらしき男は僕らを見て言う。

「後ろの男は知らんが、女二人は見覚えがあるな！　あの時ガイアンと一緒にいた奴らか！」

今は別行動しているガイアンのことも知っているのか。

それに、ガイアンがシンシアとクララと一緒にいた時と言えば……。

「あっ——まさかお前は……」

嫌な予感が頭を駆《か》け巡《めぐ》っていった。

そんなはずはない。あの男は確かに葬ったはず？

「お前は……ザッシュなのか⁉」

気が付くと、僕は疑念《ぎねん》の言葉を漏《も》らしていた。

ゴーダの姿をした何者かは、高らかに笑う。

「ようやく思い出したのか！　そうだ、俺様はザッシュだよ!!」

「ザッシュ、お前は死んだはずだ！　それにさっきまで話していたのはゴーダだぞ!!」

疑問を投げ掛けると、ザッシュと名乗る男は愉快そうに言う。

「ゴーダとはこの体の持ち主だろう。そいつの魂は、今俺の手のひらの上にある。そして……」

ザッシュと名乗る男は、何もない自身の手のひらの上に、ネグドディザスターを移動させた。

その瞬間、ネグドディザスターが光り輝く。

「これで、ゴーダの魂はネグドディザスターが吸収した」

さっきから、一体なんの話をしているんだ⁉

疑問に思っていると、アトランティカが言う。

《そうか！　ネグドディザスターの能力か！　奴は人の魂を操《あやつ》ることが出来るんだ！》

《ふっ、その通り！　小僧の周囲には巨大な闇を抱えた魂が漂《ただよ》っていたからな。ゴーダなどという腑《ふ》抜《ぬ》けより、この男の方が我を使いこなせる。だから魂を交換したのさ》

魂を入れ替えるだって⁉　そんなことが可能なのか。

……いや、アトランティカが嘘を吐く訳がない。

それに、僕は少し前、この手でザッシュの命を奪《うば》った。

そのザッシュの魂が、僕の体にまとわりついていたというのは、納得出来る話かもしれない。

僕は驚愕《きょうがく》しながらも、武器を構えた。

「復活したばかりで、この体はまだ安定していない。ひとまずは退かせてもらうか」

ザッシュが自分の体を確認しながらそう言うと、ネグドディザスターから眩《まばゆ》い光が発せられた。

響くような奴の声が聞こえてくる。

「そう遠くない未来、お前への復讐を果たしてやるぞ！」

「待て！　今すぐに決着を付けてやる！」

僕はザッシュに斬りかかる。

しかしもうそこにザッシュの姿はなかった。

すぐに索敵魔法《さくてきまほう》を展開したが、ザッシュと思《おぼ》しき魔力は高速で移動し、すぐに索敵範囲外へと行ってしまった。

僕は諦《あきら》めて剣を鞘《さや》に戻した。

そして、口を開く。

「厄介なことになったね、まさかザッシュが復活するなんて……」

《他の者達にも知らせておきたい所だが、まだ念話は使えないんだろう？》

「うん。せめてザッシュと因縁《いんねん》がある、リッカ達にだけでも連絡出来たらいいんだけど……」

そう思っても、今の僕には彼らと連絡をとる手段はない。

やはり一刻も早く元の体に戻り、魔力を取り戻さなくては。

第三話　その後のリュカ達は……？（旅は順調そうなのですが？）

復活したザッシュ——ザッシュ・ゴーダと出会ってから二日後。

僕らはちょこちょこ魔物と戦いつつ、無事マウロ港に到着した。

今はマウロ港から出航した船に乗っている。

この船でバストゥーグレシア大陸へと向かい、船を乗り換え、ゴルディシア大陸へと向かうプランである。

本当は直接ゴルディシア大陸に行きたいんだけど、直通の便がないから仕方ない。

船の甲板《かんぱん》に出た僕は、周囲を見ながら言う。

「いやー、いい景色だね」

天気は快晴であり、綺麗《きれい》な大海原《おおうなばら》が目の前に広がっている。

普段は転移魔法で移動していたから、船に乗るのは久しぶりだ。

だから思わずテンションが上がっていたのだが、隣にいたクララは心配そうな表情を浮かべる。

「あの……リュカ君、無理してない？　復活したザッシュっていう人、リュカ君とは色々あったんでしょ？」

クララには以前、僕とザッシュの因縁の話をしたことがある。

それにザッシュは少し前、意識を長時間失うほどの重傷をリッカに負わせた。

そのことはクララも知っているはずだ。

そんな相手が復活したからか、この二日間、シンシアとクララはどこか僕の様子を窺《うかが》っているような感じだった。

僕は微笑《ほほえ》みながら言う。

「大丈夫だよ。クララ。気を遣ってくれてありがとね」

「でも、リュカ君の気持ちを考えると心配で……」

「もう気持ちは切り替えたから平気だよ。それに折角の船旅だしね」

もちろん動揺《どうよう》もあるが、今の言葉は本心だ。

いつ来るかも分からないザッシュに怯えていても仕方ないし、旅は楽しまないとね。

クララは僕の言葉を聞いて、まだ少し心配そうにしつつも、『そうだね』と言って笑った。

その様子を見て、僕は改めて言う。

「そういえば、シンシアとネギは？」

「船の中を見てくるって言ってたよ。まぁ、結構大きい船だもんね」

クララの言う通り、僕らが乗っている船は大きく、客室もしっかりしていた。

売店などもあったし、中を見て回りたくなる気持ちも分かる。

僕も移動しようかと思っていると、クララがくすくすと笑っている様子が目に入った。

「どうしたの？」

「いつも思っているけど、ネギじゃなくてナガネ君でしょ。また怒られちゃうよ」

僕は確かに、ナガネのことを、「ネギ」とか「ナガネギ」とか呼んでいる。

そしてそのたびにナガネに怒られているのだ。

でも、もうあだ名呼びがクセになっちゃったし、ナガネの反応も面白いからこのままで行くつもりだ。

クララに合わせて僕も笑っていると、シンシアとナガネが慌てた様子で走って来た。

シンシアの左手には新聞が握《にぎ》られている。

「リュカ君、大変よ！　シオン君とリッカ達が！」

シオンは今は別行動している僕のパーティメンバーの一人だ。

そのシオンがどうしたのだろう。

疑問に思っていると、シンシアはすぐに僕の隣にやってきて新聞を開いた。

そこには、大きな見出しでこう書かれていた。

『エルドナート大陸の英雄シオンは、やはりただ者ではなかった!!』

「シオンが……なんだって？」

「どうやら七魔王の一体が既《すで》に倒されていたらしくて、それをやったのがシオン君みたいなの。でも大事なのはそこじゃないわ！」

「………へっ？」

意味が良く分からず、僕は新聞を詳しく読む。

すると、シオン、ガイアン、リッカ、それにクラウディア王国で仲間になったグロリアの四人が赤龍を筆頭《ひっとう》とした龍の軍団に襲撃されたと書いてあった。

その際に軍団のリーダーである赤龍《せきりゅう》が、自身を魔王の腹心《ふくしん》と名乗り、シオンを主の敵《かたき》と呼んだとのことだ。

ん、どういうことだ？

そもそもシオンは魔王を倒したどころか、会ったこともないと言っていたけど。

意味が分からないまま、僕は記事を読み進める。

記事いわく、シオン達は無事龍の軍団を討伐したけど、最後に残った赤龍が自爆。

それによって地割《じわ》れが発生し、地面に大穴が空いたらしい。

シオン達はそこに落ちて、消息不明になってしまったようだ。

ちなみに、地割れによって空いた大穴は現在調査隊が中を調べているとのこと。

おいおい、シオンと魔王の関係や、皆の安否《あんぴ》について一切書かれていないじゃないか。

僕が新聞を読み進めていると、シンシアが不安そうに言う。

「もしかして、穴に落ちたせいでリッカ達は……」

「いや、それは考えにくいと思う。皆がそのくらいでやられる訳ないし、そもそもシオンもリッカもガイアンも空を飛ぶことが出来るはずだ」

シオンとリッカは浮遊魔法を使って、ガイアンは気を操ることで空中に浮遊出来る。

しかし、僕の説明を聞いても、シンシアは不安そうなままだ。

「じゃあどうして皆はすぐに出てこないの？」

「それは、確かになんでだろう……グロリアが飛べないからかな？」

グロリアはイメージした物質を具現化させるレア魔法、創造《そうぞう》魔法の使い手だが、浮遊魔法は使えない。

とはいえ、誰かがグロリアを抱えて飛ぶくらいは出来そうだけど。

今の皆はカトゥサとの戦いの影響で魔法の出力が落ちているから、人を抱えて飛ぶことが出来ないのかな。

そんなことを考えていると、今度はナガネが口を開く。

「こっちの一面を見てくれ！　地割れによって空いた穴はヴォルスキアの海底トンネルに繋がっているると書いてあるぞ！」

「海底トンネル？」

僕が尋ねると、シンシアとナガネが説明してくれる。

「ファークラウド大陸にある、大昔に作られたトンネルだったはずよ」

「その通り。魔王サズンデスがいた時代は、ファークラウド大陸の近海は潮の流れが激しくて、船が通れなかったんだ。そのために、大陸間の移動にトンネルを使っていたらしい」

あぁ、そういえば、どこかでそんな話を聞いたことがある気がする。

「とはいえ、潮の流れが落ち着いた後は使われていないという話だったがな」

「なるほど、なぁ、ネギ、そのヴォルスキアの海底トンネルって、どこに繋がっているんだ？」

「ナガネだっつーの！　はぁ、もういいや……ヴォルスキアの海底トンネルは、話ではバストゥーグレシア大陸の付近の離島に繋がっていたはず……」

「それって、モィレル港のことか？」

「正式名称は覚えていないが、過去に魔王サズンデスの配下に滅ぼされたことがある港だったと思うぞ」

間違いない。モィレル港だ。

僕は状況を脳内で整理し、口を開く。

「ということは、リッカ達は海底トンネルに落ちた後、そこを歩いてモィレル港に向かっているということだね。それなら調査隊が見つけられないのも納得だ」

僕がそう言うと、シンシアとクララは納得したようにほっと溜息を吐いた。

もちろん確証はないが、皆ならきっと無事のはずだ。

僕はそう思い、新聞を閉じたのだった。


それから時間が経ち、夜になった。

目的の港には明日の午後に到着予定だ。

僕らはシンシアが取ってくれたという客室に向かう。

しかし、僕らの部屋は二人部屋が一つ、一人部屋が一つしか見当たらない。

シンシアは言う。

「ごめんね。部屋がこれしか空いていなかったの」

「なら、シンシアとクララ、後はネギで使っていいよ。僕は甲板の上でテントを広げるから」

多少魔力が戻ったおかげで、亜空間に物を収納する魔法、収納魔法も使えるようになった。

まあ、魔力が少ないせいで、容量の制限はあるけどね。

とはいえ、旅に必要なキャンプ用の道具は一式収納してある。

すると、僕の言葉を聞いたナガネが言う。

「なら、俺も外に行こう。そちらの方が楽しそうだ」

僕は頷き、シンシアとクララに背中を向ける。

だが、突然僕の体が浮かび上がる。

慌てて振り返ると、シンシアが僕を持ち上げていた。

「今のリュカ君なら、私達は一緒に寝ても平気だよ」

シンシアの言葉に、クララも頷く。

「そうね、今のリュカ君ならスペースもとらないし。それなら部屋も足りるでしょ」

この二人、最初からこのつもりだったな！

旅を始めてしばらくの間は落ち着いていたが、この二人は隙《すき》があるとこの体の僕を可愛がろうとしてくるんだ！

どうやらこの外見が、二人には可愛らしく映るらしい。

マズい！　この二人と一緒に眠ることになったら、絶対に抱《だ》き枕《まくら》がわりにされる！

いや、それだけで済む訳はない。絶対にフリフリの寝巻《ねま》きとかも着させられるぞ。

「い～や～だ！」

僕は全身に力を入れ、何とかシンシアの拘束《こうそく》から脱出。

そのまま、地面に着地した。

しかし、二人は笑顔のまま、再び僕に迫りくる。

そしてナガネの手を取り、甲板に向けて走りだした。

「僕はネギと一緒に夜を明かすから、二人は部屋を使ってね～」

シンシアとクララの悔しがる声が聞こえたが、僕は無視して走り続ける。

すると、一緒に走っていたナガネが言う。

「親友よ。あの二人にあんなことを言われるなんて、その体が羨ましいぞ……」

「あ？　そんなに羨ましいんだったら、カナイ村に帰った後、［時間逆行］を気合で覚えて使ってやろうか？　服のサイズが合わない、力も弱い、会う人会う人に事情を聞かれる。他にも山ほど辛《つら》いことはあるぞ」

「……すまん、さっきの言葉はなしにしてくれ」

僕の真剣な苦悩を聞いて、ナガネは頭を下げたのだった。

翌朝、僕はテントの中で無事目を覚ました。

シンシアとクララがテントまで来るかもと思っていたけど、流石にそこまでのことは起きなかった。

テントをしまった僕はキャンプ用の調理道具と食料を取り出す。

そして、ナガネと一緒に朝食の準備を始めた。

「そういえば親友、あの小竜は出さないのか？　船に乗ってから一度も出していないよな」

向かいに座るナガネが声を掛けてきた。

「シドラのこと？　変な騒ぎになると嫌だからね。しまっているんだ。前にも変な貴族に『シドラを買い取りたい』って言われて困ったことがあったし」

「なるほど、確かに貴族の中にはそういう身勝手な奴もいるだろうな」

「それに最近はシドラの食欲が今まで以上に凄《すさ》まじくてね。外に出しておくと勝手にいろんな物を食べちゃうんだよ」

「そういえば、ここに来るまでちょこちょこ魔物に遭遇《そうぐう》したけど、その魔物の肉はほとんど小竜が平《たい》らげていたな」

カトゥサとの戦い以来、シドラの食欲が今まで以上に旺盛《おうせい》になっていた。

だからシドラのご飯を用意するのも大変なのだ。

僕は溜息を吐いて続ける。

「とはいえ紋章の中で眠ってもらい続けるとなると、それなりに魔力が必要になるんだよね。ご飯を食べさせないと、その分栄養として魔力を与えないといけないからさ」

体が普通の時は魔力もそれなりにあったから、シドラをいくら紋章にしまっていても困らなかった。

でも今は魔力面で少し心配になることもある。

すると、僕の言葉を聞いたナガネが言う。

「それなら、今は出して一緒に食事をしてもいいんじゃないか。辺りには誰もいないぞ」

確かにナガネの言う通り、早朝の今、甲板の上には僕ら以外の人はいない。

これなら問題ないかと思い、僕はシドラを紋章から出した。

すると、シドラは楽しそうに周囲を飛び回り始める。

その様子を見て僕が微笑んでいると、突如として目の前の海が揺れた。

僕とナガネが立ち上がると、目の前に巨大なウミヘビの魔獣シーサーペントと、タコの魔獣、クラーゴンの姿があった。

ちっ、こんな時に！

僕は遠距離魔法を放ち、魔獣達を撃退しようとする。

しかし魔法の発動より早く、シドラが魔獣に向かって聖属性の炎、シルバーブレスを吐いた。

一瞬の間にシーサーペントとクラーゴンは全身丸焼きになる。

そしてシドラはそれを美味しそうに食べ始めた。

それを見た僕とナガネは、二人で苦笑いを浮かべるしかなかった。


船旅は続き、何度かイカやタコの魔獣と出くわすことがあったが、それらは全てシドラのご飯になった。


そうして二日が過ぎ、僕らは無事ゴルディシア大陸に到着することが出来た。

僕らが今いるのは、ゴルディシア大陸で最も栄えた街、カイナートである。

カイナートの街を歩きながら、ナガネ、シンシア、クララは言う。

「ここがゴルディシア大陸か……初めて来るが良い所だな」

「私とシンシアはゴルディシア大陸には来たことあるけど、この街に来るのは初めてだね」

「これまでは転移魔法で直接カナイ村に行っていたから、他の街に行く機会がなかったもんね」

ナガネは故郷のファークラウド大陸と、魔法学園があるバストゥーグレシア大陸にしか行ったことがないと言っていた。

貴族令嬢であるシンシアとクララも、他大陸に行ったことはあまりないらしい。

だからだろう。三人は興味深げに周囲を見回している。

それならと思い、僕は口を開く。

「まず情報収集も兼《か》ねて、顔なじみの冒険者ギルドに挨拶《あいさつ》してくるよ。結構長くなるかもしれないし、三人は観光がてら、この辺りに異常がないか見てきてほしいな」

すると、三人とも笑みを浮かべた。

ナガネが言う。

「それでは、お言葉に甘えさせてもらおう。合流場所はどうする？」

「二時間後に中央の広場で合流しよう」

僕の言葉に全員が頷いた。

直後、僕達はその場で解散したのだった。


十分後、冒険者ギルドの前へと辿り着いた僕は、扉を開けて中に入る。

そして受付の方に向かっていくと、すぐに知り合いの受付嬢、サーシャさんが近づいてきた。

「えーっと……？　君、どうしたの？　親は？」

サーシャさんがこう言うのは無理もない。

冒険者ギルドには基本的に、子供が一人で来ることがほとんどない。

たまに病気になった親のために、薬草採取の依頼なんかを受ける子もいるが、それでも今の僕ほど幼い子が来ることはないだろう。

心配そうなサーシャさんに僕は言う。

「サーシャさん。僕です、リュカです」

「え……リュカ君⁉」

サーシャさんは不思議そうな表情を浮かべる。

すぐに僕は自分のギルドカードを提示した。

さらに簡単に事情を説明する。

するとサーシャさんは困惑しながらも納得してくれたのか、真剣な面持《おもも》ちで言う。

「リュカ君、ちょっと待ってもらってもいい？　ギルドマスターを呼んでくるから！」

僕が頷くと、サーシャさんは小走りで従業員の部屋へと向かった。

すると二、三分後、今度はギルドマスターであるヴォーガンさんが現れ、僕に付いてくるように言った。

ヴォーガンさんについていくと、ギルドマスターの部屋へと通される。

部屋の中央には長机があり、それを挟むようにソファが置かれている。

ヴォーガンさんがソファに座ると、僕を向かいに座るよう促した。

僕は頷いてソファに座る。

ヴォーガンさんは頭を押さえながら深い溜息を吐くと、口を開く。

「リュカ……お前には色々と驚かされて来たが、今回は一体何があった？」

「えーっとですね……」

僕は改めて、こうなった経緯《けいい》を説明した。

その説明を聞いたヴォーガンさんは驚きながら言う。

「［時間逆行］とはな……古い伝承《でんしょう》でそんなスキルの名前を聞いたことがあったが、まさか実際に存在しているとは思わなかったぞ」

「僕もこんなことになるなんて思わなかったですよ。しかもずっと元に戻らないんです。なので早くカナイ村に戻って、母さんやとー祖母ちゃんに相談したいんです。でもカナイ村にいる人とは誰も連絡がつかなくて」

「なるほど……だがな……」

ヴォーガンさんは頭を抱えながら、悩まし気に言った。

僕は首を傾げながらヴォーガンさんに尋ねる。

「あの、カナイ村で何かあったのですか？」

「そうだな……何と言ったらいいか……特にカナイ村出身のお前には……」

ヴォーガンさんは言い淀《よど》んでいる。

「やっぱり、村で何かあったんですか⁉」

僕が身を乗り出すと、ヴォーガンさんは観念したようにゆっくりと言葉を紡ぐ。

「……現在カナイ村は、壊滅的《かいめつてき》な状態になっているんだよ」

「壊滅的な状態……ですか？」

「そうだ。魔猟祭自体は終了したのだが、それによる魔物の被害が深刻でな……お前の家族のジーニアス殿とトリシャ殿とカーディナル殿、それに村にいた人間の半数以上がいまだに意識がない状態らしい」

は？　意識がない？　皆が？

何を言われているのかよく分からなくて、僕は慌てながら言葉を発した。

「えっ、いや、だって、そんなの、魔王でも攻めて来なきゃ……いや、魔王だって絶対に返り討ちにする人達ですよ⁉」

しかし、ヴォーガンさんの表情は真剣そのもの。

それを見て、彼の言葉が真実だと悟《さと》った。

僕は深呼吸し、何とか意識を落ち着かせると、再度尋ねる。

「えっと、その……父さんと母さん、それにとー祖母ちゃんの意識がないって……皆は大丈夫なんですか？」

「安心しろ。三人とも命に別状《べつじょう》はない」

その言葉を聞いて僕は安堵《あんど》し、思わず溜息を吐く。

しかしあの人達が意識を失うなんて、一体何と戦ったんだ？

って、いや、今はそんなことどうでもいい！

「あの、それなら僕もすぐにカナイ村に向かいますので、失礼します！」

そう言って立ち上がった僕をヴォーガンさんが制止する。

「すまんが、もう少しだけ待ってくれ。お前に会わせたい人がいる。今はサーシャが呼びに行っているから、少し待ってくれ」

「こんな話を聞かされたら、待つなんて出来ませんよ！　皆が心配です！」

「現在カナイ村では、クリアベール様とレイリア様が様子を見てくださっている。だから今は心配はない。それにここに来る奴に頼ったほうが、カナイ村へも早く辿り着けるはずだ！」

クリアベールとレイリアと言われ、僕は思わず動きを止める。

クリアベールは英雄ダンの妻。そしてレイリアはダンの仲間の魔導士だ。

カナイ村の人間は親しみを込めて、クリアベールを「グランマ」、レイリアを「スペルマスター」

と呼んでいる。

とはいえ、最近は二人とも村に寄ることはなかったはずだ。

そんな二人がわざわざ村に滞在しているなんて、よほどのことが起きているってことなのか。

それに、ここに来る人を待った方が早くカナイ村に行けるって……。

僕は少し考え、再びソファに座った。

そして十分ほど経つと、サーシャさんと共に部屋に一人の少年がやって来たのだった。

第四話　出会った二人の英雄（二人はようやく出会えました）

ヴォーガンさんの部屋にやって来た少年は、やや緑がかった黒髪に、頭には山羊《やぎ》のような角、そして細い尻尾《しっぽ》を持っていた。

獣人なのかな？　でも、なんていう種族なんだろう、初めて見る種族だ。

それに、年齢は予想していたよりも幼い。十二、三くらいに見える。

サーシャさんと一緒に来たということは、この人が僕に会わせたい人物で間違いないんだろうけど……。

僕が疑問を抱いていると、少年が口を開く。

「サーシャから事前に聞いてはいたが、まさか本当に子供の姿とはな。女神とガイウスから聞いた話では、十七歳という話だったが」

「あの、あなたは……？」

僕が尋ねると、少年は口を開く。

「俺の名はキッド・リターンズ。少し前にこの世界に来た人間だ。いわば、異世界からの転移者だな」

その説明を聞いて僕は思わず目を見開く。

異世界といえば、英雄ダンも異世界からやって来た召喚者だったはず。

って、あれ、キッド・リターンズ？　どこかでその名前を聞いた気がする。

僕が様々な情報に困惑《こんわく》していると、キッドさんは言う。

「元々いた世界での名前は紅蓮院喬介《ぐれんいんきょうすけ》。この世界で剣聖と呼ばれている飛鳥《あすか》の兄、と言えば伝わるか？」

剣聖飛鳥は、ダンと一緒に召喚された人間で、紅蓮院流剣術の使い手だ。

この人がその飛鳥の兄……？　でも飛鳥は人間だったはずだし、そもそも彼女は百年近く前にこっちに来た人のはずだ。

僕は事情が良く分からないまま、とりあえず尋ねる。

「えっと、それで僕に何か用があるんですか？」

「お前に会いに来た理由は端的《たんてき》に言えば、お前を助け、共に魔王を倒すためだ。俺はそのためにこの世界に呼ばれたんだからな」

「僕を助けるため？」

「知り合いの女神がこっちの世界の魔王に困っているらしくてな。それで、魔王と敵対しているお前に協力しろと言われ、俺が呼ばれたんだよ。ちなみに、俺がこの姿になったのもその時だ。本当の俺はこんな姿じゃないんだがな」

確かに僕は魔王と敵対しているし、魔王の一人を倒したこともある。

召喚や女神という話はよく分からないが、敵の敵は味方、ということだろうか。

「……その、つまり、僕の仲間になってくれるってことですか」

「そうだ。よろしく頼む」

これまでの話はいまいち内容が理解出来なかったが、キッドさんが手を差し伸べてくれたので、とりあえず握り返す。

すると、彼は穏やかな笑みを浮かべた。

それで、僕はこの人が悪い人ではないと悟ったのだった。

キッドさんは改めて口を開く。

「お前に会うために、レイリアとクリアベールと一緒に結構長く旅をしたからな。会えて少し安心したよ」

「グランマとスペルマスターと一緒に旅をしていたんですか!?」

「あぁ。そもそも俺が召喚された場所はフレアニール大陸にある、エルヴの大森林だったからな。そこからお前のことを探して、ここまで来たって訳だ。ガイウスと一緒に敵と戦ったこともあったぞ」

グランマとスペルマスターに、ガイウスさんまで……。

纏うオーラから何となくそうだとは思っていたけど、この人、ただ者じゃなさそうだ。

「クリアベールとレイリアとは船の上で出会ってな。あいつが俺の作った料理を……っと、いや、今はこんな話をしている場合じゃないか」

キッドさんはそう言うと、扉の外へ視線を向ける。

「お前はカナイ村に行きたいんだろう。俺が連れて行くから、一緒に来てくれ。カナイ村に何が起きたのかは、移動しながら説明してやる」

キッドさんはそう言って、出口へと向かっていった。

「えっと……はい。お願いします！」

僕は慌ててそれについていく。

キッドさんのことはまだいまいち分かっていないが、頼りになりそうな人だと僕は思ったのだった。


冒険者ギルドを出たところで、キッドさんが言う。

「早速カナイ村に向かおうと思うが……問題はあるか？」

「あっ、そうだ！　僕以外に三人仲間がいるんです。その人達も連れていっていいですか？」

シンシア達を置いていく訳にはいかないと思い、僕は言う。

すると、キッドさんは頷いた。

「それなら俺は準備を先に終わらせておく。街の入り口で待っているから、仲間と合流したらそこに来てくれ」

「分かりました」

そう言って、僕はキッドさんと別れ、街へ向かう。

皆とは中央の広場で待ち合わせをしているけど、まだ一時間も経っていないし、流石にそこにはいないだろう。

となると、自力で探すしかないか……。

僕は少し考え、呟く。

「うーん、ネギの居場所は大体予想出来るけど、シンシアとクララはどこにいるんだろう？　見当もつかないや」

考えても答えが出ず、僕はとりあえずナガネがいると思われる場所に向かった。


商店街の方に向かった僕は、八百屋《やおや》の前でナガネの姿を見つけた。

野菜関連の場所にいると思っていたけど、ビンゴだったようだ。

ナガネの家、ディクソン家は野菜の栽培《さいばい》に力をいれているからね。

しかし、ナガネの奴、店員さんと揉めているように見えるな。

僕はナガネのそばに行き、尋ねる。

「ネギ、一体どうしたんだ？」

「おお！　親友、そっちの用事は終わったのか！　こっちは――」

「この男が、うちの野菜を手に取って色々といちゃもんをつけて来やがったんだよ！」

ナガネが何か言う前に、八百屋の店員が怒り口調で言った。

僕は改めてナガネを見る。

「いや、自分は別にいちゃもんをつけた訳ではないのだが……」

ナガネはそう言って、困り顔になる。

僕は改めて二人に事情を聞いた。

どうやらナガネは店に並んだ野菜を手に取り、『これは肥料《ひりょう》が足りていない』とか、『こっちは収穫するには早すぎる』などと口にしたらしい。

とはいえ、ナガネにはこの店の野菜を悪く言うつもりはなく、ただアドバイスをしただけのつもりとのこと。

世界でも上位に位置する野菜の名家、ディクソン家の嫡男から見れば、他の国の野菜に対して気になる点もあったのだろう。

ただ、店の店員からすれば、いきなり変な客にケチを付けられたと感じてもおかしくない。

状況を理解した僕は言う。

「おじさんごめんね。この兄ちゃんは野菜貴族のディクソン家の子供なんだ。だから他国の野菜に関しても気になっちゃったらしいんだ。それに今日初めてゴルディシア大陸に到着したからテンションが上がってるっていうのもあって……」

僕がなるべく穏便に済むように説明すると、店員は感動したように言う。

「なんと！　坊ちゃんはあのディクソン家の者だったのか⁉」

おぉ、流石ディクソン家。他大陸の八百屋さんにもその名前が伝わっているようだ。

店員は途端《とたん》に態度を柔らかくして言う。

「なぁ、坊ちゃんよ。うちの野菜について、もっとアドバイスをいただけないか？　あのディクソン家からアドバイスをもらえれば、うちの野菜ももっと良くなるはず――」

「あ、ごめんねおじさん、僕達は少し急いでいて。また来る機会があるから、その時に相談してくれるかな？」

このままでは長くなりそうだと思った僕は、ナガネの腕を取ってその場を離れた。

店員には少し申し訳ないが、まぁトラブルが収まったのならいいだろう。


移動しながら、ナガネに冒険者ギルドで起きたことを話した。

そしてカナイ村に向かうことを告げると、納得したように頷く。

「後はシンシアとクララなんだけど、一体どこにいるんだろうか？」

僕の言葉にナガネが答える。

「この辺りに女性に人気の店はないのか？　雑貨屋《ざっかや》とか」

「雑貨屋か……」

カイナートの街には、他国から輸入された珍しい品を販売している店がいくつかある。

とはいえ、そこが女性に人気かと言われると、よく分からない。

そもそも、僕には女の子の買い物に付き合った経験がほとんどないんだ。

「うーん、リッカの買い物に付き合わされた店くらいしか思いつかないな」

「リッカ嬢というのは、親友の妹のことだよな？　リッカ嬢はどんなお店が好きなんだ？」

「流行り物も好きだけど、たまによく分からない物に興味を持つんだよね。僕が一緒に行ったのは怪しい雰囲気の魔道具店だったし」

リッカはお金があればあるだけ使ってしまう傾向がある。

だから実家のリッカの部屋は、普通の女の子らしい物に加えて、何に使うのか分からない物も多く置かれている。

しかもお金が足りなくなると『絶対に返すから……』と言って僕にお金を無心《むしん》してくるのだ。

結局貸したことは何度かあった。

でも、戻って来たためしは一度もなかったなぁ。

僕がリッカのことを思い出していると、ナガネが言う。

「リッカ嬢の話はあまり参考にならないかも知れないな。となると、親友、この大陸でしか手に入らない、名物や名産品は何かないか？　女性が好みそうな物なら尚《なお》よしだ」

「名産品はいくつかあるけど、女性が好みそうな物となると……あ！　天蜂虫《てんほうちゅう》の蜂蜜《はちみつ》とか、天蚕《てんかい》虫《ちゅう》の魔糸《まし》で作られた織物《おりもの》とかかなぁ？」

両方ともこの大陸、というか、カナイ村の名産品だ。

そのためこの辺りではどちらも割と安価で手に入るが、税金が掛かるせいで、他国では貴族でも手に入れるのが難しいという話をガイアンから聞いたことがある。

「それはどこの店に売っているんだ？」

「ここから少し離れた所に、二つをメインに扱っている店があるけど？」

「よし、そこに行こう！　女性は名産品に弱いからな！　しかも女性人気の高い品というのだから、可能性は大きいぞ！」

ナガネは自信満々にそう言うが、僕はいまいち納得出来ていない。

「……ちなみに女性は名産品に弱いって、どこから得た情報なの？　僕は聞いたことがないけど」

「妹からだ。妹は名産品が大好きだからな」

「へぇ、ネギって妹がいるんだ？　ちなみに、妹の名前も野菜にちなんでいるの？」

「……？　何を言っている？」

「ほら、だってネギだって名前が野菜っぽいじゃん！　長ねぎみたいで」

「何度も言うが、自分の名前はナガネだっつーの！　いい加減ネギと呼ぶのはやめてくれ」

ナガネは怒鳴るように言った。

うーん、僕としては親しみを込めて呼んでいるんだけどな。

「分かったよ、これからはちゃんと名前で呼ぶよ。それならいいでしょ、ね……ナガネギ！」

「だ・か・ら、ナガネだっつーの!!　おい親友！　いい加減にしないと本気で怒るぞ!!」

ヤバい。顔が真っ赤だ。血管も浮き出ている。

……流石に反省しよう。

「ごめんよ。ナガネ。それじゃあ場所を移動しようか」

「まったく、親友が余計な話をしているから、無駄に時間が過ぎただろ……急いでいるんじゃなかったのか？」

僕にそう言って、ナガネは目的のお店に向かって歩き出した。

目的のお店に到着したんだけど……その場所には、シンシアの姿もクララの姿も見当たらなかった。

ふざけるなよナガネの奴、やっぱりいないじゃないか!!

僕は内心で叫んだ。

まぁ、これ以上揉めて時間を無駄にする訳にはいかないから、口には出さないけどね。

僕とネギは店内を探し終えて、お店の外に出る。

「あれ……ここじゃないのかな？　もしかして、集合場所に行ったとか……」

ナガネは自分の予想が外れたことに納得がいっていない様子で、ポケットから懐中時計を取り出して、時間を確認する。

しかし、当然待ち合わせ時間にはなっていない。

となると、他の店にいるということだろう。

僕は改めて、シンシアとクララがどこにいるか考える。

すると、旅の最中に二人が「替えの下着が少なくなっている」という話をしていたのを思い出した。

そしてこの近くに、女性用の下着店がある。

……そこに二人がいる可能性、あるかも知れない……。

僕は言いたくないと思いつつも、時間がないため、ナガネにこの話をしたのだった。


そうして、僕とナガネは五分ほど歩き、女性下着専門店、マダム・ラスティーナの店の前まで辿り着いた。

マダム・ラスティーナの店は、元は女性服専門店だった。

だけど、初代マダム・ラスティーナがある者からの助言を受けて下着を売り出したところ、それが爆発的なヒット商品となり、それ以降は女性下着専門店になったという話だった。

「親友……これはいくらなんでも」

ナガネはお店を見ながら言った。

確かにナガネの言う通り、店の外観は、いかにも婦人服のお店という感じで、男が入れる雰囲気ではない。

「文句を言っていても仕方ない！　ナガネ、じゃんけんをしよう！　負けた方が店に入って、シンシアとクララを探すんだ！」

「ぐぬぬ、こんなところに入るなんて……いや、待て！」

ナガネはお店の入り口前に書かれた文字を指さす。

「ここに、『男子禁制』と書かれているぞ！」

「あっ、本当だ。となると、どうしよっか……この辺でシンシアとクララが出てくるのを待つとかかなぁ……」

しかし、二人が本当にここにいるかも分からない以上、あまり長居《ながい》もしたくない。

僕が悩んでいると、ナガネは何かを思いついたようで手を叩く。

「今の親友なら中に入っても問題ないんじゃないか？　ただでさえ可愛らしい見た目だし、仮に男だとバレたとしても、母親と一緒に来てはぐれてしまったとでも言えば、店員も怪しまないと思うぞ」

まぁ、ナガネの言い分には納得出来る部分もあるにはある。

今の子供の姿なら、お店に入ったって怒られはしないだろう。

でもなぁ、心は大人のままなんだよ！

女性下着専門店に入るなんて、恥ずかしすぎてやりたくないんだ。

「いや、それは……」

僕が言い淀んでいると、ナガネがニヤニヤしながら言う。

「時間がないんだろ親友。こんな所でグダグダしているよりも早く中を確認したらどうだ？」

クソ、さっき僕が名前でバカにしたのを根に持っているのか。

ナガネにはムカつくが、確かに時間はない。

「……あぁ、もう！　分かったよ！　行ってくる」

僕は諦めてそう言うと、店の扉を開ける。

そして中に入って行った。

周囲を見回し、思わず呟く。

「中はこうなっているんだな……」

マダム・ラスティーナの店は、外観は中々に派手なデザインだけど、店内は高級感が漂う雰囲気だった。

とはいえ、天井や壁や床は、ピンクの色合いが強い。

いかにも女性向けのお店という感じだ。

棚には色取り取りの下着が陳列《ちんれつ》されていて、見ているだけでも恥ずかしい。

「……って、周囲を眺めてる場合じゃない……シンシアとクララを探さないと……」

僕はそう呟き、お店の中を歩き出す。

空間魔法を使用しているのか、お店の中は外から見た時よりも遥《はる》かに広く思える。

この中から探すのは少し骨が折れそうだ。

「ていうか、シンシアとクララって同じ場所にいるのかな？　どことは言わないけど、二人のサイズってたしか結構違ったし……」

「へぇ～？　リュカ君は、私のことをそんな風に思っていたんだね～」

この声は……シンシア!?

突如として背後から声が聞こえ、僕は思わず振り返る。

そこには、腕を組みながら笑みを浮かべるシンシアが立っていた。

周囲に人の姿がなかったから、つい本音を喋っちゃったけど……。

まさか、シンシアがこんなに近くにいたなんて!?

「ねぇ、リュカく～ん……今言っていたのはどういう意味なのかしら～？」

「え〜と、あの〜〜〜シンシアもまだまだ成長期なんだし、今後の未来に期待ということで！」

「それで私が納得すると思っているのかなぁ〜？　ていうかそもそも、何でここにいるのかな〜。ここ、女性下着専門店だよ〜」

シンシアの顔、笑顔なんだけど、口の端《はし》の方がピクピクと動いている。

ヤバい、めちゃくちゃ怒っている感じだ。

これは変に言い訳をしても無駄だ。

なので僕は、まずはシンシアに全力で謝罪をしてから、シンシアをどうして探していたのかについて、懸命《けんめい》に説明した。

シンシアは僕の説明を聞き、僕が悪意を持ってこのお店に入った訳ではないことについては納得してくれた。

「なるほど……カナイ村はそんなことになっていたのね。まぁ、私の悪口を言っていたことは許せないけど、とりあえず今は忘れてあげる。今はそんな話をしている場合ではないもんね！」

そう言われ、とりあえず安心する。

僕は改めて謝罪した後で言う。

「それで、クララも探しているんだけど……一緒にはいないの？」

「クララなら、少し前に店から出て行ったよ。風に当たりたいって……」

あれ、でも店の外にクララの姿はなかったけど……。

外を改めて確認するため、僕はシンシアと共に店の外に出た。

そして少し離れた場所で待機していたナガネに、クララのことを聞く。

「クララ嬢？　俺は見ていないな。そもそも親友が店に入ったあと、外に出て来た人は一人もいなかったぞ」

「ということは、クララが出て行ったのは僕が店に入る前だったのか……でもここに来る前に周囲を見回したけど、クララの姿はなかったよね。もしかして……」

「どうした？」

ナガネの疑問に僕は答える。

「カイナートは貿易《ぼうえき》が盛んな街だから。他国から冒険者が来ることも多いんだ。そいつらには素行が悪い奴も多い。クララは可愛くて目立つから、もしかしたらそいつらに絡まれたり、最悪攫《さら》われたりしたのかもって……」

「でもクララならレベルが高いし、問題ないと思うけど？」

シンシアはそう言うが、いくらレベルが高くても、百パーセント安全という訳ではない。

僕は彼女の疑問に答える。

「どんなにレベルが高くても、クララは魔導士で、体の強さはそこそこだからね。背後から突然襲われて気絶させられたらどうしようもない」

僕がそう言うと、シンシアは一気に心配そうな顔になる。

その後、三人で周囲を探したのだが、クララの姿は見つからなかった。


僕達はクララを探すために、街を走りまわりつつ、出会った住人達に話を聞いた。

すると、ある店の女将《おかみ》から、ガラの悪い男が女の子を抱えて裏路地に入っていくのを見たという情報を手に入れた。

僕らは急いで裏路地へ向かう。

すると、複数の男の後ろ姿が目に入った。

そのうちの一人がクララを抱えている。

「あ、いた！　クララ！」

僕は叫ぶが、彼女は反応を見せない。

やはり気絶させられているのだろう。

男達は振り返り、僕達を見た。

「貴方達、クララを放しなさい!!」

シンシアが叫ぶが、男達はいやらしい笑みを浮かべる。

「嫌だね！　このお嬢ちゃんは、これからオレ達と楽しいことをするんだからな！」

「……と、そっちの色黒の子も中々だな！　そんな軟弱《なんじゃく》そうな男とガキは放っておいて、オレ達と遊ぼうぜぇ～！」

「な、軟弱だと……!?」

ナガネはショックそうにそう漏らした。

男達はどうやら、僕らのことを舐《な》めているようだ。

僕は剣を抜いて構えるが、クララを捕らえている男が、短剣をクララの顔に近付ける。

そして残りの男達がニヤけながらシンシアに近付いて来た。

「お前ら、変な真似をするなよ！　このお嬢ちゃんの顔に一生消えない傷をつけたくなければな！」

「ひ、卑怯だぞ！」

ナガネが叫ぶ。

だが、脅《おど》しの効果は絶大で、僕もナガネもシンシアも動けなくなってしまった。

本来の僕の姿だったら、アイツらの反応出来ない速度で動くことも出来るんだけど……この体では流石に厳しい。

僕がどうしようかと思っていると、男達のさらに背後から、声が聞こえてくる。

「全く……来るのが遅すぎるからわざわざ探したが、こんな所にいるなんてな。しかも余計な揉め事まで……」

後方に視線を遣ると、そこには壁に寄り掛かっているキッドさんがいた。

キッドさんは目にも留まらぬ速さでクララを捕らえている男に近づくと、足を引っ掛けて体勢を崩す。

男は思わずクララから手を離した。

キッドさんはそのクララを抱きかかえると、一瞬で僕らの前に移動してきた。

男は立ち上がり、キッドさんを睨む。

「このガキ、舐めた真似をしやがって！」

男は地面に落としていた短剣を拾い、キッドさんに突進してきた。

しかしキッドさんは男の攻撃を素早く躱すと、体当たりで男を突き飛ばす。

そして尻尾を操り男の顔面を打ちつけた。

その攻撃を食らった男は気を失い、地面に倒れる。

「このお嬢さんは助けたから、残りは任せるぞ」

キッドさんがそう言うと、ナガネとシンシアは頷く。

二人は男達に突っ込んでいった。

ナガネは魔剣グリルリーキで、シンシアはレイピアで、次々と男達をのしていく。

僕も参加しようとしたんだけど、そうするまでもなく戦いが終わってしまった。

その後、僕は収納魔法からロープを出し、男達を縛り付けた。

ナガネが言う。

「親友、コイツらはどうする？」

「近くに騎士団の駐屯所《ちゅうとんじょ》があるから、そこに連れて行くか……って、騎士が来たな」

近づいてきた騎士の一人に話を聞く。

どうやら、騒ぎを聞きつけた近くの人が通報《つうほう》してくれたらしい。

男達は騎士達に引き立てられて、連行されて行く。

その最中、男達が僕らを睨みつけて言う。

「おい！　テメェらのツラは覚えたからな!?」

「次にこの街でそのツラを見付けたら――」

最後まで言葉を聞かず、キッドさんは答える。

「どの世界でも悪党《あくとう》は同じことしか言えないんだな。お前達が牢屋《ろうや》から出ることが出来たら相手してやるよ」

キッドさんは呆れた顔をしながら手をヒラヒラと振る。

悪党達はそのまま騎士団に連行されて行った。

その後、目を覚ましたクララがキッドさんに頭を下げる。

「あの、ありがとうございました！」

「状況から見て、君もリュカの仲間だと思ったからな。だから助けただけだ」

僕もキッドさんにお礼を言い、そして尋ねる。

「それで、カナイ村に向かうんですよね？　どうやって行くんですか？」

すると、キッドさんは少し言い淀んでから答える。

「あ～……街から少し離れた所に乗り物を用意しているから、少し歩くぞ」

僕達はキッドさんの後に続いて裏路地を出た。

キッドさんに続き歩いていると、人通りの少ない空地のような場所に辿り着く。

周囲には乗り物の姿は見当たらない。

僕は尋ねる。

「あの、馬車か何かで移動するんじゃないんですか？」

「馬車なんかじゃ、時間がかかるからな。これを使って移動をするんだ」

キッドさんはズボンのポケットからエンブレムのような物を取り出すと、『出ろ！』という言葉を発した。

すると、エンブレムの中心の玉が光り、突如として目の前に白い乗り物が出現した。

この乗り物……もしかしてこれは……!?

僕は期待に胸を膨《ふく》らませながら、キッドさんに尋ねる。

「これって……英雄ダンの愛機、魔導四輪《まどうよんりん》シルフィンダーですか」

「あぁ、そうだ。これはクリアベールからもらったんだ。この世界の住人では誰も運転が出来ないらしいんでな」

僕はシルフィンダーを見て感動していた。

英雄ダンが残した書物の中に、魔導四輪シルフィンダーのイラストが載《の》っていたので、外見を見たことがあったのだ。

ダンの手記いわく、シルフィンダーはダンの元いた世界にあった「オープンカー」という物に形がそっくりらしい。

オープンカーがどんな物かは知らないけど、実物はこんなにかっこいいなんて!

僕が興奮冷めやらぬ様子でいると、隣にいたナガネが、おずおずとした様子で尋ねてくる。

「な、なぁ……親友。聞くタイミングを逃してしまったのだが、この人は一体誰なんだ?」

すると、僕が答えるより先に、キッドさんが言う。

「あ、そういえば自己紹介がまだだったな。俺の名前はキッド・リターンズという」

「「「えぇっ！　キッド・リターンズ⁉」」」

ナガネとシンシアとクララは、驚きの声を上げた。

どうしてこの三人は名前を聞いただけで驚いているんだろう。

「皆はキッドさんのことを知っているの？」

僕が尋ねると、ナガネ、シンシア、クララが口々に言う。

「え？　本気か親友……キッド・リターンズと言えば、サーディリアン聖王国にて、第二の魔王であるヴォルガンスレイヴを単身で撃破した人物だぞ！」

「しかも十二歳でって話だよ！　リュカ君は新聞を読んでないの？」

「結構噂になっていたと思うんだけど……」

あ、そういえば……クラウディア王国で出汁と戦う時にそんな話を聞いたような気がする。

そうか、キッドさんも魔王を倒したことがあるのか。

さっき悪党と戦った時の動きも凄かったし、この人なら納得出来る話だけどね。

僕らがそんな話をしていると、キッドさんが待ちくたびれたように言う。

「とりあえず出発するから乗ってくれ」

キッドさんが運転席の後ろを操作すると、シルフィンダーの左右から翼が生える。

運転席に座ったキッドさんは、ハンドルの中央部分にエンブレムをはめ込む。

すると、シルフィンダーが凄まじい音を響かせた。

僕らはその音に驚くが、キッドさんはなんでもないという様子だった。

「エンジン音は気にしないで、早く乗ってくれ！　じゃないと出発出来ないからな」

エンジンが何かはよく分からなかったが、僕らはとりあえず頷く。

そしてキッドさんが一番前の運転席、僕とナガネはその一つ後ろ、シンシアとクララは最後尾《さいこうび》の席に座った。

ナガネとシンシアとクララは緊張している様子だった。

だけど、僕は緊張どころか興奮していた。

なにせ、あのシルフィンダーに乗れる訳だからね！

キッドさんは全員が乗ったことを確認すると、呟く。

「じゃあ、出発するぞ。シルフィンダー、僕達は風になろう……」

「英雄ダンも言っていたセリフだ……」

僕は感動しながら言うが、キッドさんは頬《ほお》を軽く染《そ》める。

「この恥ずかしいセリフを言わないと、シルフィンダーは起動しないんだよ……」

次の瞬間、シルフィンダーは空中に浮かび上がり、凄まじい速度で飛行を始めた。

「おぉ～～～凄いや!!」

まさかここまでの速度が出るとは思わず、僕は叫んでしまった。

これがシルフィンダー！　凄い！　あっという間にカイナートが小さくなっていく。

僕は無我夢中《むがむちゅう》で周囲を見渡すが、キッドさんは落ち着いた口調で言う。

「あー。やっぱりか……」

「えっ？」

そう言って、キッドさんはチラリと後方に視線を向けた。

僕もそれに合わせて後ろを見る。

すると、ナガネとシンシアとクララが気を失っているのが目に入った。

キッドさんが言う。

「シルフィンダーに初めて乗る奴の大半は、すぐに気絶してしまうんだよ。速さと風のショックでな」

なるほど、確かにこのスピードは馬車に乗ったくらいじゃ経験出来ない。

僕は故郷でかなりスピードの出る乗り物に乗ったことがあるから、これくらいならなんともないけどね。

「まぁ、後ろの奴らは放っておこう。それより約束通り、カナイ村の話をしたいんだがいいか？」

キッドさんは僕を見て言った。

そっか、確か移動中にカナイ村の話をしてくれるって言っていたっけ。

僕は答える。

「はい。お願いします！　母さんやとー祖母ちゃん、かー祖父ちゃんに何が起きたか、教えてください」

「分かった。とはいえ、俺も全てを見ていた訳じゃない。又聞きの話もあるが、構わないな」

その言葉に僕が頷くと、キッドさんは、魔猟祭の後の話をし始めたのだった。

その内容は僕の想像を遥かに超えていて、にわかには信じられなかった。

閑話　魔猟祭開始！（とんでもないことになっているみたいです）

とある日の早朝。遂に魔猟祭が開始されようとしていた。

カナイ村の村人達と、【黄昏の夜明け】の弟子《でし》達は、村の内部に魔物が侵入しないよう、各地に配置されている。

例年通りなら、一年の間に蓄積《ちくせき》した魔素がとある時間を境《さかい》に一気に地上に溢《あふ》れる。

それに反応した大量の魔物や魔獣の叫び声が、魔猟祭の開幕を意味する……はずだった。

「おかしい……静かすぎる」

村の中央広場にいたリュカの父方の祖父——ジェスターがそう呟いた。

その隣にいた父方の祖母——カーディナルが答える。

「そうさね、こんなに静かだった時は今までになかったさね」

二人の間に緊張が走った。

例年通りなら、既に魔猟祭が始まっていてもおかしくない時間になっている。

しかし、どれだけ経っても魔物の声一つ聞こえて来ない。

周囲を偵察《ていさつ》していた母方の祖父——ブライアンが焦った顔で戻って来た。

「おいジェスター、この近くに魔物の気配はあったか？」

「いや、ない。それを聞くということは、ブライアンの方にも反応がないんだな？」

二人のやり取りを聞いたカーディナルは杖を構えて広範囲に索敵魔法を展開する。

しかし、これといった反応は見当たらない。

「なんか変さね！　魔物の気配が全く感じ取れないなんて！」

ジェスターの弟子やカーディナルの弟子達である、Sランク冒険者達も周囲を探ったり、索敵魔法を展開したりする。

しかし、誰も魔物の反応を見つけることは出来なかった。

異常といっていいほどの沈黙が周囲に広がる。

付近にいる者達が唾《つば》を呑み込む音が聞こえる程だった。

ジェスターは剣を構えた状態で動きを止める。

彼の額《ひたい》から汗が流れ落ちた。

「お前達、決して気を緩《ゆる》めるなよ！」

ジェスターがそう告げたが、弟子の一人が言う。

「あの、師匠《ししょう》……魔猟祭の日にちが間違っていたということはないですか？」

「お前は気付かないのか？」

「何にですか？」

「この村の周囲は魔物や魔獣が多く生息《せいそく》している。だが今はどの生き物の鳴き声も聞こえない。それどころか、虫の姿まで見当たらないぞ」

ブライアンは頷くと、身を低くして地面に耳を押し当てた。

すぐに起き上がり叫ぶ。

「ジェスターの言うとおりだ！　この村がここまで静かになるなんて、今までにはなかった！　地中からも生き物の生活音が聞こえないぞ！」

その言葉を聞いた者達が意識を研《と》ぎ澄《す》まし、警戒を強める。

その状態から一時間ほど経過した後で、突如としてその場にいた全員の身の毛がよだつような、強大な気配が遠方に出現した。

そしてそれと同時に、空から巨大な何かが落ちてきて、地面に転がった。

それを見て、ジェスターとブライアンが言う。

「こ……これは」

「カイザーベヒーモスか……」

空から降って来たのは、カイザーベヒーモスの死体だった。

カイザーベヒーモスは全長が五メートル以上ある強力な魔物だ。

しかし、死体の頭と体は無残《むざん》にも真っ二つに食《く》い千切《ちぎ》られている。

カナイ村の一同が周囲に改めて視線を遣《や》ると、前方の林の奥に、巨大な魔物の姿があった。

その魔物は体長十メートル前後であり、姿は巨大なカエルに近い。

しかし、体の表面は鱗《うろこ》に覆《おお》われており、ワニのような巨大な口を持っていたのだった。

その魔物を見て、ジェスターとブライアンが言う。

「あの口……カイザーベヒーモスがこうなったのも頷けるな……」

「今回の魔猟祭は量じゃなくて質で来たということか？　それにしても、何故索敵にひっかからなかったんだ？」

「ブライアン！　空を見るさね」

カーディナルの叫び声に反応し、ブライアンは空を見上げる。

するとそこには、全長十メートルほどの巨大な魔物の姿があった。

その魔物はムカデのような姿をしているが、体の左右には無数の翼があり、それを羽ばたかせながら空中に浮かんでいた。

さらに顔の左右からは長い触覚が生えており、その触覚でワイバーンを捕食している。

村人達はその魔物を見て、慌てながら言う。

「あれはムカデなのか……？　だが、空を飛ぶ個体なんて見たことがないぞ!?」

「いや、体の形がムカデとも少し違う。一体どんな生物なんだ!?」

謎《なぞ》の魔物の登場に、周囲に動揺が広がり始めた。

ジェスターは活《かつ》を入れるため、大きく息を吸い、叫ぶ。

「今回の魔猟祭はあの二体だけに集中出来ると考えろ！　火力で追い込むぞ！」

その言葉を聞いた村人達はハッとして答える。

「「「「おぉ」」」」

そうして、ジェスター達と魔物達の戦闘が始まった。

しかし、カナイ村に現れた魔物はこの二体だけではなかった……。

◆　◆　◆　◆

ジェスター達の戦いが始まったのとほぼ同時刻、村の奥地にある、回復係や非戦闘員達が待機する支援場所は謎の魔物に襲撃されていた。

その魔物は魔物と呼ぶべきかも怪しい、巨大な黒い球体だった。

黒い球体は体から触手《しょくしゅ》を伸ばし、周囲にいた人間を手あたり次第に捕まえる。

そして捕まえた者の体力や魔力を極限まで吸ってから放り捨てる、ということを続けていた。

黒い球体に魔力を吸われた物は意識を失い、地面に倒れ込んでいる。

周囲には、意識を失った無数の人々が倒れていた。

想定外の魔物の襲撃に、支援場所はパニックにおちいり、多くの人々が逃げ惑っていた。

そのうちの一人が叫ぶ。

「なんでいきなりあんなのが現れたのよ！　結界はどうしたの⁉」

支援場所の周囲は強力な結界が張られており、さらに索敵も念入りに行われている。

しかし、黒い球体はなんの前触れもなく、気が付けば結界の内部に侵入していた。

逃げ惑う村人を助けながら、斥候《せっこう》のギルディスが尋ねる。

「トリシャ様、あれは一体なんなのですか!?」

聖女であり、リュカの母でもあるトリシャは答える。

「分かりません、今までの魔猟祭でも見たことがない個体です。とはいえ、危険な魔物なのは間違いないはず！」

トリシャはそう言うと、小さい声で詠唱《えいしょう》を始める。

次の瞬間、地面から巨大な光の鎖が出現し、黒い球体が拘束された。

続いて彼女の周囲に光の剣が大量に出現する。

「［光の聖剣・クルセイダーズ］！」

トリシャがそう叫んだと同時に、大量の光の剣が、黒い球体に向かって飛んでいった。

しかしトリシャの放った魔法は黒い球体に触れた瞬間、全て吸収される。

さらに光の鎖まで吸収され、黒い球体は再び動き出した。

その様子を見たトリシャが言う。

「あの黒い球体……なんかマズそうね……ギルディスさん、ここは私に任せて、前線の方へ伝令《でんれい》をお願い！」

「分かりました！」

トリシャの言葉に従い、ギルディスは駆けだした。

ところが黒い球体は触手を伸ばして、ギルディスを捕獲しようとした。

トリシャは近くにあった斧を手に取り、ギルディスに迫る触手に投げ付ける。

斧にぶつかった触手はぼよんという音と共に軌道を変えた。

その隙を逃さず、ギルディスは離脱に成功する。

トリシャはその様子を見て言う。

「魔法攻撃はダメでも、物理攻撃なら有効なのかしら。よし、皆、落ち着いて！　コイツは私が対処するわ！」

彼女は皆を励ますと、黒い球体を睨みつけるのだった。

◆　◆　◆　◆

一方その頃。ジェスター達と魔物達の戦いも激しさを増していた。

ジェスター率いる物理攻撃班はカエルのような魔物と戦い、カーディナル率いる魔法攻撃班は空にいるムカデのような魔物と戦っている。

ところが、どちらも苦戦していた。

ジェスターとブライアンは魔物から距離を取り、言う。

「一体どうなっているんだ、奴の鱗は……？」

「竜の様に硬いと思えば、ゴムのような柔軟性《じゅうなんせい》もある。こんな鱗を持つ魔物には今まで出会ったことがないぞ！」

ジェスターの剣はいかなる物も斬り裂くと言われており、ブライアンの拳はいかなる物も破壊すると言われている。

しかしどちらの攻撃も魔物にダメージを与えることが出来なかった。

すると今度は隣にいたカーディナルも口を開く。

「一体どういうことさね……あのムカデ、弱体魔法は効かないし、攻撃魔法は命中する前に消えちまうなんて」

ムカデのような魔物は周囲に霧《きり》を展開しており、その霧が全ての魔法をかき消してしまうのだった。

カーディナルの傍にいた弟子が口々に言う。

「カーディナル様、所持している魔力回復用のポーションが切れそうです」

「こちらもです」

「くっ、補給《ほきゅう》に行ってきておくれ！」

カーディナルがそう言うと、それを聞いた弟子が補給場へ走って行った。

それと入れ替わるように、ギルディスが現れ、この場にいる全員に聞こえる様に叫んだ。

「伝令です！　支援場所に、巨大な黒い球体の魔物が現れました。その球体は触手を伸ばし、捕らえた人物の魔力と生命力を奪っていきます！」

その言葉を聞いたブライアンは、ギルディスの傍に駆け寄って言う。

「我が弟子ギルディスよ、そちらの被害状況は？」

「現在複数の者達が意識を失っております。現在はトリシャ様が対応してくれています」

カーディナルとブライアンは言う。

「なんてことさね、コイツ等だけじゃないのかい！」

「……我が弟子ギルディス、来て早々に悪いが……お前はアーシアの部屋にある［破壊砲］を運んで来てくれ」

「はい師匠！」

ギルディスは辺りを警戒しながら村の方に向かって走り出して行った。

［破壊砲］とは、ブライアンの妻であるアーシアが開発した、周囲を超高火力で破壊しつくす攻撃型魔道具のことだ。

周囲の被害を考えこの場には持ってこなかったが、もうそんなことを言っている場合ではないと判断したのだ。

ギルディスがいなくなったのを見て、ブライアンは再度カエルの魔物を見る。

すると次の瞬間、カエルの魔物が上を向いた。

魔物は喉《のど》を大きく膨らませ、空中に向けて液体を吐き出した。

その液体は、ブライアンやジェスターの方へと飛散する。

「皆、注意しろ！」

ジェスターはそう叫び、吐き出された液体を全てかわした。

その後に液体が落ちた地面を見ると、その部分がえぐれているのが分かった。

「まさか……これは酸《さん》か！」

「「ぐわぁぁぁぁぁぁぁぁ！！！」」

周囲に人々の絶叫が響き渡る。

広範囲に広がった酸が、一部の人々の体に付着してしまったのだ。

すると酸が当たった箇所《かしょ》が、もの凄い勢いで溶け出す。

そのうちの一人は、皮膚《ひふ》が溶けて骨がむき出しになってしまっていた。

その様子を見たブライアンは、怪我をした者の傍にすぐさま駆け寄る。

そして懐から取り出したポーションを、傷口のある腕に掛けた。

ポーションは効果を発揮《はっき》し、傷口が塞がる……が、治った瞬間から再び皮膚が溶け始め、すぐに治療する前と同じ状態になった。

「ぐわぁぁぁぁぁぁぁぁ！！！」

治療された者は、再び皮膚が溶ける痛みを感じ、叫ぶ。

「くっ、なんだこれは!? 毒なのか、それとも呪いの類《たぐい》なのか!? カーディナル！ こっちに来てくれ！」

ブライアンの叫びを聞き、カーディナルが駆け寄る。

「一体なんさね？」

「この傷にはポーションが効かないんだ！ いや、それだけじゃないぞ！ 傷口がどんどん広がっている！ どうすればいい!?」

ブライアンの言う通り、治ったはずの傷口はどんどんと大きくなっていき、既にポーションを掛ける前より巨大になっている。

カーディナルも酸でやられた者にポーションを使った。

しかし、先程と同じ様に傷が塞がった途端にまた皮膚が溶け出してしまう。

「なんさね、こんな状態は見たことがないさね！」

その言葉を聞き、怪我をしている者が苦しそうに言う。

「ブ、ブライアンさん、俺の腕を斬り落としてください。体がどんどん溶けていくのが分かるんです……このままじゃ……」

「くっ！」

ブライアンは一瞬躊躇《ちゅうちょ》する。

しかしこのままでは全身が溶けてしまうと判断し、ブライアンは腰に差したダガーで、負傷した者の腕を切り落とした。

「すまん……」

ブライアンはそう言って涙を流す。

負傷した者は微笑んでから意識を失った。

ブライアンはその者の腕の止血を行い、比較的魔物から離れた場所に移動させると、改めて周囲を見回した。

すると、他にも酸を浴びた者達が苦しんでいる光景が目に入った。

先ほどブライアンが行ったように、怪我した部位を切り落としている者も複数人いる。

情に厚いブライアンは、気を抜けば号泣《ごうきゅう》してしまいそうだった。

しかし、まだ自分にはやることがあると考え、涙をぬぐうのだった。

その後、ジェスターとブライアンは果敢《かかん》にカエルの魔物に攻撃をするが、やはりダメージは与えられていなかった。

魔物の攻撃も激化し、頭を地面に叩き付け衝撃波を発生させたり、先ほどと同じく、酸を吐きだしたりしていた。

そのせいで被害がさらに広がっていく。

そうしてまともに動ける者が半分ほどになったタイミングで、ギルディスが帰還した。

その両腕には、布に覆われた大筒《おおつつ》状の魔道具が抱えられている。

「ブライアンさん、持って参りました！」

ギルディスはそう言って、魔道具をブライアンに投げ渡す。

「よし！　皆、散開しろ！」

ブライアンの言葉を聞き、皆一斉に魔物から離れた。

その様子を見たブライアンは布を解き、覆われていたバズーカ状の魔道具――［破壊砲］を構えた。

ブライアンは［破壊砲］の照準《しょうじゅん》を、カエルの魔物に合わせる。

そして、備え付けられているトリガーを握った。

瞬間、レーザー砲が発射され、凄まじい勢いでカエルの魔物に向かう。

レーザーが魔物に直撃し、周囲に爆風が巻き起こる。

［破壊砲］は山をも吹き飛ばす威力を秘めており、過去に使用された際は周囲にも大きな被害を及ぼした。

そのため、長い間封印されていた武器、なのだが……。

爆風が晴れた後、目の前の光景を見て、ブライアンとジェスターが叫ぶ。

「な、なんだと!?」

「まさか、これを受けても無傷なのか!?」

レーザーは直撃したはずだが、それでもカエルの魔物の体には傷一つ付いていない。

魔獣の強靭な鱗が、全てをガードしたのだ。

「斬撃も突撃もダメ……その上［破壊砲］までダメだとなると……もう手がないぞ!?」

「こんな奴……どうしたら良いんじゃ!?」

ジェスターとブライアンは絶望的な表情を浮かべる。

その近くには、苦しそうな顔をしたカーディナル達がいた。

彼女達は今も、空に浮かぶムカデのような魔物と戦っている。

しかし彼女達も、ジェスターとブライアン同様に攻撃手段が全くなかった。

どんな魔法を放っても霧に阻まれてしまうのだ。

しかもそれだけではない。

ムカデの魔物は直接攻撃こそしてこないものの、その体からは光の粒子《りゅうし》がばらまかれていた。

その粒子に触れた者は、一気に魔力を奪われてしまう。

そのせいで、カーディナルや一部の魔力の多い者達ならともかく、あまり魔力の高くない者達は地面に伏《ふ》した状態で動けなくなっていた。

「お前達、しっかりするさね！」

「……申し訳ありません、カーディナル様」

こうして、彼らは徐々に追い詰められていくのだった。

◆　◆　◆　◆

トリシャ達がいる支援場所は最悪な状態になっていた。

大きな黒い球体は手あたり次第に触手を伸ばし、その場にいる者達に絡みつくと、魔力を吸い取っていく。

限界まで魔力を吸収された村人達は、次々と昏睡《こんすい》状態になっていく。

黒い球体には並の攻撃が通じなかった。

トリシャは魔法だけでなく、様々な攻撃を試した。

ジーニアスの作った火薬での爆撃、アーシアの作った炸裂弾《さくれつだん》による砲撃も行った。

しかし、火薬による爆発は全て吸収され、砲撃も全て体表に弾かれ、効果はほとんどなかった。

そして気が付くと、トリシャと、その夫ジーニアス以外の人々は皆意識を失っていた。

黒い球体の触手が、四方からトリシャに迫る。

「トリシャ危ない！」

ジーニアスはそう言ってトリシャを突き飛ばす。

その結果ジーニアスは大きな黒い球体の触手に捕まってしまった。

魔力が徐々に吸収されて行き、ジーニアスは気絶する。

吸収を終えた黒い球体はジーニアスを地面に放り投げた。

トリシャはジーニアスの元に駆け寄って、回復魔法を放つ。

しかし、どれほど回復魔法を掛けようと、ジーニアスが目を覚ますことはなかった。

「もう……どうしたら良いの!?」

トリシャは半《なか》ばやけくそになりながら叫ぶ。

その背後に、黒い球体の触手が近寄ってきていた。

しかし、回復魔法を掛けることに必死なトリシャはそのことに気付かない。

そのまま、トリシャは大きな黒い球体の触手に捕まった。

彼女は声を上げることも出来ずに魔力を吸収されていく。

そうして全てが吸い尽くされると、ジーニアス同様に地面に放り投げられた。

これにより、この場で動くものは、黒い球体以外にはいなくなってしまう。

黒い球体は満足したかのように、他の場所へ移動し始めた。

こうして、支援場所の人々は皆行動不能になってしまったのだった。

◆　◆　◆　◆

ジェスターやブライアン、トリシャ達が魔物に追い詰められている最中、キッド、レイリア、クリアベールの三人はシルフィンダーに乗り、カナイ村へと向かっていた。

彼らは当初、リュカを探しにカイナートの街を訪れていた。

しかしクリアベールがカナイ村で異常な魔力の乱れが起きていることを感知し、彼らはカナイ村へと急いでいたのだ。

《まもなくカナイ村に到着します。周辺には高エネルギー反応が三つ存在しております》

シルフィンダーに搭載されているナビゲーションシステム・クライシスが声を発した。

その言葉を聞いて、キッドが言う。

「若干だが、ここからでも空中に浮かぶ魔物が見えるぞ。あれがその高エネルギー反応のひとつだろうな」

「クライシス、残りの二つの反応が何から発せられているか分かる?」

レイリアの言葉を聞いて、クライシスが答える。

《ひとつは魔物から発せられています。もう一つは、実体のない不定形な何かから発せられているようです。そちらからは異常なほどの魔力を感じます》

その言葉を聞いたキッドは舌打ちをし、シルフィンダーの速度を上げるのだった。


五分と経たず、キッドはカエルの魔物とムカデの魔物の近くにまで辿り着いていた。

シルフィンダーを空中に停め、キッドは魔物達を見つめる。

「おいおい。あの空中に浮かんでいる魔物、近くから見るとこんなにも大きいのか……それにあの形、アノマロカリスか……?」

「キッド君、アノマロカリスとはなんですか?」

クリアベールの問いにキッドは答える。

「俺が元いた世界に存在していた古代生物だ。俺も詳しくは知らんが、一説にはその当時最強とも考えられていたらしい。本来は海で暮らす生物のはずなんだがな」

キッドが答えると同時に、クライシスが言葉を発する。

《空中に浮かぶ個体の情報はありません。しかし、地上にいる生物、ヴェンギスヴァルガーの情報は発見いたしました》

「地上にいるカエルみたいな奴は、ヴェンギスヴァルガーと言うのか……」

《アナライズ……解析《かいせき》中……解析中……個体名ヴェンギスヴァルガーの弱点を解析中……》

クライシスの解析が終わるまで、キッドはヴェンギスヴァルガーを観察する。

（アイツの鱗、かなり硬そうだ。それに全身を覆っている。どうやってダメージを与えればいい？俺の剣で行けるか……？）

対処法をキッドが考えていると、クライシスが言う。

《解析完了。ヴェンギスヴァルガーの鱗はとてつもない硬度をしていますが、頭部の一点、硬度の低い部分を発見いたしました》

キッドは改めてヴェンギスヴァルガーを見つめる。

すると確かに頭部の一点、僅かだが鱗に覆われていない箇所を見つけた。

キッドは言う。

「なるほど……頭部か……それじゃあここから降りて――」

《降りる必要はありません、ここからの攻撃で頭部の破壊は可能です》

クライシスの予想外の回答に、キッドは首を傾げる。

「ここからって……レイリアに魔法でも放ってもらうのか？」

《いえ、アサルトモードに変形すれば可能です。許可をお願いします》

「アサルトモード？　よく分からないが、許可する！」

《アサルトモード変形許可を確認！　シルフィンダー、アサルトモード起動！》

シルフィンダーは変形を始める。

先ほどまではスポーツカーのような形をしていたのだが、座席の形状はそのままに、一瞬で外観が戦闘機に近い形に変化した。

続いて車体の前方から、巨大な剣が伸びてくる。

「おいおい……空を飛ぶだけじゃなく、こんな機能まであるのかよ。ロボットにも変形するんじゃないだろうな？」

《そのような機能はありません》

冗談で言った言葉に真面目に返答され、キッドは苦笑した。

クライシスは淡々とした様子で続ける。

《バスターカノンの準備が完了しました。照準を合わせた後にトリガーを引けば、バスターカノンが発射されます》

「なるほど、この剣をあのヴェンギスヴァルガーとかいう魔物の弱点に打ち込むのか。それなら地上に降りる意味もないな」

キッドがそう呟くと、ハンドルの中心部からトリガーが出現した。

《バスターカノンは連射が出来ません。外した場合、再装填《さいそうてん》に時間を要《よう》します！》

「一発で決めろと……上等だ！」

キッドはニヤリと笑い、トリガーを握る。

《照準を合わせ、トリガーを引いてください》

キッドは頷き、真剣なまなざしをヴェンギスヴァルガーに向ける。

そして一気にトリガーを引いた。

《バスターカノン・フレキシルバスター発射！》

クライシスがそう言った瞬間、構えられた剣が眩い光を放つ。

その後、刀身がヴェンギスヴァルガーの頭目掛けて発射された。

刀身はヴェンギスヴァルガーの弱点に見事命中。

瞬間、巨大な爆発が巻き起こった。

爆風が晴れると、ヴェンギスヴァルガーの頭部は完全に消し飛んでいた。

残った体が、力無く地面に倒れる。

「とてつもない威力だ！　周囲へのダメージは大丈夫か？」

《頭部のみに着弾しましたので、周囲に影響はありません》

その言葉を聞き、キッドはホッと溜息を吐く。

「次はアノマロカリス？　だっけ？　あいつね」

レイリアがそう言ったのを聞き、キッドは視線を前方に向ける。

そこには、空中に浮かぶアノマロカリスの姿があった。

「よし、シルフィンダーばかりにいい所を取られてはいられないな。次は俺が直接行こう。クライシス、自動操縦《そうじゅう》は出来るか？」

《簡単な操作でしたら可能です》

その言葉を聞いたキッドは満足そうに頷いた。

レイリアが首を傾げる。

「どうするつもり？」

「アノマロカリスを真っ二つにしてやるのさ！」

「でも、アイツは空中に浮かんでいるのよ？　それにあんなに大きい相手をどうやって!?」

キッドはその問いに答えず、不敵に笑う。

「クライシス、奴より上空に行くことは可能か？」

《可能です》

「よし、行ってくれ。俺がいなくなった後は地面に降りていいぞ」

シルフィンダーはどんどんと上昇していく。

そうして、アノマロカリスの真上で停止した。

キッドは運転席から立ち上がり、腰にある魔剣シーズニングを抜いた。

その剣には刀身がなく、柄《つか》のみしか存在していない。

キッドは小さく笑い、シルフィンダーから飛び降りる。

そして、叫んだ。

「アメージングセイバー起動！　限定解除！」

その言葉を合図に魔剣シーズニングに氷の刀身が形成されて行く。

これはキッドのスキル［調味料］の効果だ。

［調味料］はその名の通り調味料や簡単な食材を出現させ、操ることが出来る。

キッドは［調味料］を使い、様々な刀身を出現させ戦うスタイルを取っていた。

今回出現させたのは、氷で出来たアメージングセイバーである。

刀身はどんどんと巨大化していき、十メートルほどの大剣の形状に変化した。

キッドは落下のスピードに乗り、アノマロカリスの周囲に展開されている霧を貫通しながら、その体に迫る。

そして、シーズニングを振り下ろした。

「紅蓮院流剣術秘奥義！　［魔神烈断剣《まじんれつだんけん》］!!」

その瞬間、アノマロカリスの胴体が真っ二つに分かれる。

それらは切り口から凍りだし、すぐに氷づけになった。

キッドは落下しながら言う。

「よし！　あとは着地だな」

キッドがどうやって着地しようか考えていると、シルフィンダーに乗り、地面へと降下していたレイリアが唱える。

「［風のカーテン］！」

すると、キッドの周囲に穏やかな風が吹いた。

キッドはその風に乗り、ゆっくりと地面に着地する。

それとほとんど同時にシルフィンダーも着陸し、レイリアとクリアベールが降りて来た。

「助かったよ、レイリア」

「どういたしま――!?」

レイリアがお礼を言い終えるより先に、三人は背後に謎の気配を察知した。

三人はほとんど同時に振り返る。

そこには、巨大な黒い球体が存在していた。

球体は触手を伸ばし、三人に襲いかかる。

攻撃を回避しながら、キッドが言う。

「そういえば、実体のない不定形な何かがいるって話だったな！　こいつがそれか！」

「みたいね！」

レイリアが距離をとりながら、風魔法で黒い球体を攻撃する。

しかし、その魔法は全て吸収された。

さらに、火魔法、水魔法など様々な属性で攻撃するも、それらも全て吸収される。

その様子を見たクリアベールは言う。

「こいつには魔力を吸引する能力があるみたいですね！　ならこれはどうでしょう！」

クリアベールは無属性の魔力弾を発射した。

その魔力弾は吸収されることなく、黒い球体に着弾する。

「無属性魔法なら吸収されないのか！　だが、効いている様子はないぞ！」

キッドの言う通り、魔力弾が命中しても、黒い球体の動きは鈍《にぶ》らない。

触手の攻めは激しさを増す。

（くそっ、どうする？　俺の剣は刀身が吸収される可能性があるから無闇には使えない。だがさっきの無属性魔法も当たっただけで、ダメージを与えられた感じではなかった！）

キッドは内心舌打ちしながら、黒い球体を観察する。

すると、無数に振り回されている触手が、地面に触れた瞬間にぽよんと跳ねていることに気付いた。

（……あれだけの勢いで振り回されているのに、地面はほとんどえぐれていない……もしや、あの触手、物理的な攻撃力はほとんどないのか！）

その瞬間、キッドは一つの策を思いつく。

「クリアベール！　コイツの触手には物を壊す力はなさそうだ！　だから――」

キッドの言葉が終えるより先に、クリアベールもキッドと同じ策に思い至った。

「なるほど！　分かりました！」

クリアベールはそう叫び、黒い球体の周囲に無属性の結界を展開した。

黒い球体は結界に覆われ、身動きが出来なくなる。

伸ばされた触手が結界に触れているが、結界は吸収されることも破壊されることもない。

その様子を見たキッドは言う。

「やはり、コイツにこの強度の結界を壊す力はないみたいだな。助かったぜ、クリアベール」

「ありがとうございます。でもキッド君に言われなければ、こんな策思いつきませんでした」

「流石キッド君だね」

少し離れたところにいたレイリアも、二人に合流してそう発した。

三人は一息吐くと、改めて結界越しに黒い球体を見た。

黒い球体は触手を伸ばすことをやめ、ただの球体になっている。

その体はほんの僅かに振動していた
その様子を見て、キッドはクリアベールに尋ねる。

「この黒い球体はまだ動いているが、どうやったら倒せるんだ？　このままじゃ根本的な解決にはならないぞ」

「正直、倒し方は分からないですね。属性魔法は吸収されるでしょうし、無属性魔法で攻撃しても手ごたえはありませんでした。今思いつく手段としては、このまま結界に閉じ込め続け、衰弱《すいじゃく》するのを待つ、くらいでしょうか……」

「時間が経ったくらいで、こいつが弱るかも分からんがな」

キッドがそう言っていると、彼らの元にジェスターとブライアンがやってきた。

クリアベールを見たジェスターが言う。

「おぉ、グ、グランマ！　スペルマスター！　なぜここに!?」

「久しぶりですね。ジェスター、ブライアン。たまたまこの辺りに来ていたら、カナイ村で変な魔力を感じまして、様子を見に来たんです。随分大変だったみたいですね」

ジェスターとブライアンは周囲を見る。

そして、先ほどまで自分達が苦戦していた魔物が倒されていること、謎の黒い球体が結界に封じ込められていることを知った。

ジェスターとブライアンは腰を折って頭を下げる。

「先ほどまであのカエルのような魔物と戦っていたのですが、我らとの戦いに飽きたのか、あの魔物、突如として移動を始めまして……」

「その後、入れ替わるように黒い球体と出会いまして、我らはなんとか無事だったのですが、カーディナルがやられました」

二人の悔しさを滲《にじ》ませた声に、クリアベールが答える。

「あなた達がそこまで傷だらけになるなんて、やはりあの魔物は規格外の存在だったみたいですね」

「このような不甲斐《ふがい》ない姿を見せてしまうとは……このジェスター、不覚です！」

ジェスターは改めて頭を下げた。

続いて、ブライアンが顔を上げて言う。

「ところでグランマ、こちらの少年は一体何者なのですか?」

「この子はキッド・リターンズといってね。フレアニール大陸からゴルディシア大陸に向かう定期船でお会いしたの。私とリアの古い友人の知り合いなのですよ」

クリアベールは、レイリアのことをリアと呼んでいる。

すると、ジェスターは思い出したかように口を開く。

「キッド・リターンズ……確かサーディリアン聖王国で第二の魔王を単独で討伐したという少年がその名前だったはず……」

「ええ、でもそれだけじゃないわ。この子は転移者でね。かつて私達と共に魔王サズンデスを倒した飛鳥さんのお兄さんでもあるのよ」

「その話は後でいいだろう。それより今は怪我人の治療が先じゃないか」

キッドがそう言うと、皆は思い出したように頷いた。

キッド達は人々の治療へと向かう。

こうして、魔猟祭は終了した。

最終的には、重傷者多数、さらには死者まで出るという最悪の結果になってしまったのだった。

魔猟祭の翌日、カナイ村では死者の処置《しょち》が行われていた。

処置とは人々の死体を一か所に集め、冷凍保存することである。

なぜこのようなことをするかと言うと、聖女であるトリシャであれば、肉体が残っている者を魔法で蘇生《そせい》させることが出来るからだ。

とはいえ、現在トリシャは黒い球体に襲われた影響で意識を失っている。

そのため、トリシャが意識を取り戻した時に問題なく蘇生出来るよう、死体の保存を行っているという訳だ。

ちなみに、死体の冷凍保存にはアーシアが開発した、周囲の温度を氷点下以下にまでに下げる魔道具が使用されている。

その処置がいち段落したところで、死体を安置する部屋にいるクリアベールとレイリアが言う。

「これで全員分の処置が終わりましたね。蘇生が不可能になるレベルまで損傷している人がいなくてよかった……」

「でも、トリシャを始め、あの黒い球体にやられた人達の意識はまだ戻っていないわ」

「そうね。リアにいくら回復魔法を掛けてもらっても誰も目を覚まさなかった」

「あの後、結界の外からあの黒い球体を調べてみたんだけど、どうやらアイツは皆から奪った魔力や生命力をその内部に蓄えているみたいなの」

「なるほど、つまりあの黒い球体をなんとかしないと、皆は目覚めないという訳ね」

「えぇ。でもあの黒い球体をどうすればよいかはまだ分かっていないわ。結界から出られないのは間違いないようだけど……」

「……」

「……」

解決策が見つからず、レイリアとクリアベールは思わず無言になってしまう。

「あれ、そういえばキッド君は？」

暗い空気を吹き飛ばすようにレイリアが言うと、クリアベールが答える。

「少し前にジェスターに呼ばれ、どこかに行ってしまいました。復興《ふっこう》を手伝ってくれているのでしょうか」

「なら、私達も行きましょうか」

そう言って、クリアベールとレイリアは復興へと向かうのだった。

◆　◆　◆　◆

キッドとジェスターは二人、村を歩いていた。

周囲を見ながらキッドが言う。

「いきなり呼び出して、俺に頼みたいことってなんだ？　復興関連か？」

「いえ、改めてお礼を言いたいと思いまして。キッド殿はグランマやスペルマスターと共に、あの魔物達を倒してくれたのですから」

ジェスターは足を止めると、深く頭を下げる。

「別に大したことはしていないから構わんさ。用はそれだけか？」

「いえ。他にも色々と聞きたいことがありまして。昨日も伺いましたが、キッド殿は転移者で、しかもあの剣聖飛鳥様の兄君なのですよね」

昨日ジェスター達と合流してから、キッドは己の事情をジェスターを始めとしたカナイ村の人々に説明していた。

「そうだ。俺の元いた世界での名前は紅蓮院喬介だ」

「ではキッド殿も剣聖飛鳥様や英雄ダンと同じように、紅蓮院流の剣技を使われるのですか？」

「あぁ。あれは俺が元々いた世界にあった流派でな。元の世界で死ななければ、俺が紅蓮院流の正統後継者になっていたかも知れん」

（いや……よく考えたらそれはないか……俺は家族と仲が悪かったし……）

キッドが己の過去を思い出していると、ジェスターは続ける。

「なるほど。あのお二人と同じ剣技が使用出来るとなれば、魔王を単独で討伐したという話も納得ですな」

「まぁ、俺からすれば、飛鳥がこの世界では剣聖と呼ばれ、魔王を倒したパーティの一員という話のほうが驚きだがな。あの未熟者《みじゅくもの》の飛鳥が……」

「え？　剣聖飛鳥様は、元の世界では未熟者だったのですか？」

「あぁ。俺達の流派、紅蓮院流は剣のみでなく、様々な武器を使う流派なんだ。だけど、飛鳥は剣くらいしかまともに使えずに、よく祖父に怒られていたよ」

伝説の人物の意外な話を聞き、ジェスターは驚きの表情を浮かべる。

そして少し考えると、改めてキッドを見つめた。

「あの、キッド殿……」

「なんだ？」

「儂《わし》と手合わせしてくれませぬか？」

「はぁ!?」

思わぬ発言に、キッドは思わず声を上げた。

「おいおい、状況を考えろよ、じいさん。村の様子を見ろ」

キッドは周囲を指さして言った。

村はボロボロになっており、少数の意識がある者達が、なんとか復興作業に取り組んでいる。

しかしジェスターは続ける。

「この状況はよく分かっております。しかし目の前に伝説の剣聖飛鳥の兄君であり、飛鳥様を未熟者と呼ぶ方がいます。儂も一応この時代で剣聖と呼ばれる身。一度でよいですから、どうか手合わせを」

ジェスターはそう言って、極めて真剣なまなざしをキッドに向ける。

その様子を見たキッドは少し考えると、呆れたように言う。

「……分かった。この村の復興が進んだ後で相手してやるよ。周りがこんな状況じゃ戦う気にならんからな」

「分かりました。ありがとうございます」

キッドの返事を聞くと、ジェスターは頭を下げ、すぐに一人、村の復興へと向かった。

その様子を見たキッドは「やれやれ」と溜息を吐いた。

すると、ジェスターと入れ替わるように、クリアベールとレイリアがやってきた。

クリアベールが言う。

「キッド君。困った顔をして、どうしました？」

「……いや、随分と被害が大きいなと思ってな」

『ジェスターに手合わせを頼まれた』などと正直に言うと面倒なことになるかもと思い、キッドは適当に答えた。

　クリアベールは納得したように言う。

「そうですね、過去の魔猟祭でもここまでの被害は出なかったと記憶しております」

「そうか。まぁ俺もジッとしている訳にもいかないから、復興の手伝いに行って来るかな」

　するとその言葉を聞いたレイリアが尋ねる。

「そういえば、キッド君は突然こんな事態に巻き込まれて迷惑してない？　私達はこの村の関係者だけど、キッド君は昨日初めてここに来た訳だし……」

「乗りかかった船だし、気にしてないさ。それにここは俺の探しているリュカの故郷なのだろう？　それなら奴の居場所に関するヒントがあるかもしれないしな」

　キッドがそう言うと、クリアベールは改めてキッドにお礼を言った。

　その後、クリアベールが言う。

「あの、復興を手伝ってくれるのであれば、キッド君には炊《た》き出《だ》しをお願い出来ればと思っているのですが……」

「炊き出し？　何でだ？」

「今この村では、料理が出来る者がほとんど意識を失っていて……それに私やリアも料理なんて全く出来ませんし……」

レイリアも頷きながら口を開く。

「キッド君は料理が出来るでしょ？　初めて会った時、手料理を食べさせてくれたもんね」

「そういえばそんなこともあったな。まぁ料理は嫌いじゃないし、構わんが」

「本当に助かります。村の中央広場に簡易厨房《かんいちゅうぼう》を用意していますから、調理はそこでお願いします。それだけに専念《せんねん》をしてくださってかまいませんから」

クリアベールはそう言い終わると、復興へと向かった。

レイリアも彼女に続く。

その姿を横目にキッドは一人、厨房へと歩き出した。


厨房に辿り着いたキッドは、周囲を見回し首を傾げる。

「調理道具はあるが、食材が見当たらないな……」

てっきり食材が用意されていると思っていたキッドは、改めて周囲を見渡す。

すると、一枚の紙を見つけた。

その隣にはどんな大きさの物でも無限に収納出来るバッグ、マジックバッグが置かれている。

キッドは紙を手に取り、内容に目を移す。

「えっと……野菜類は村の南の畑で入手出来て、肉は東の森の周辺……魚は西の沼地に……おいおい！　食材の確保から始めろってことか？」

キッドが手にした紙には、クリアベールの字で食材の確保場所が書かれていた。

（……ジェスターといい、この村の奴はどいつもこいつもどこかイカれてるな……）

キッドは内心溜息を吐く。

しかし、このままでは料理は出来ない。

キッドは呆れながらも、紙に書かれた場所に向かった。


最初にキッドが辿り着いたのは、畑だった。

畑には様々な野菜が植えられており、土からはいくつかの葉が頭を出している。

キッドはそれを見て言う。

「あれは大根、あっちは人参の葉か。葉っぱを見た感じでは、地球の野菜とあまり変わらなそうだな」

キッドはそう思いながら畑に入ると、葉っぱのひとつを掴んで引き抜こうとする。

しかし野菜は根強く埋まっており、力を込めても中々抜けなかった。

キッドは腰に力を入れ、一気に引き上げる。

すると、無事大根が抜けた。

しかし次の瞬間、大根が大きく動き出し、キッドの手から脱出。

大根は空中に浮かぶと、回転しながらキッドに向かって突っ込んできた。

「何だこの大根は!?　襲い掛かって来たぞ!?」

キッドは慌てながらも大根の突進をかわす。

そして魔剣シーズニングを抜き、塩の刃――ソルトセイバーを出現させると大根の葉の部分を切断した。

すると大根は唐突に力尽き、地面に落ちて動かなくなった。

「この世界の野菜は、収穫時に襲って来るのか……？」

こんなことが起きるのはカナイ村の野菜のみなのだが、この世界の常識に疎《うと》いキッドはそう納得した。

その後もキッドが野菜を収穫しようとする度に、戦闘をすることになった。

にんじんも大根と同じくドリルのように回転しながらキッドに突っ込んでくる。

じゃがいもは飛び上がり、全身で体当たりをしかけてきた。

キッドはそれらに驚かされつつも、なんとか野菜の収穫を終える。

「収穫時に野菜が襲って来るのなら、そう書いておけよ……」

キッドはそう呟きながら、次は魚の確保に向かった。

キッドは沼地に辿り着くと、水面を見つめる。

「さっきの畑からして……ここにいる魚も絶対にまともではないよな？」

キッドがそう言ったのとほぼ同時に、水面が大きく揺れる。

そして胴体に翼を生やした魚、マンイーターバスが現れ、キッドに襲い掛かった。

「うぉ！」

キッドがそれをギリギリで躱すが、マンイーターバスは次々と現れ、飛行しながらキッドに襲い掛かる。

さらに水面から、巨大なワニ、ラッシュゲーターまで現れ、キッドを捕食しようと突進した。

「一体なんなんだこの村は!?」

キッドはそう叫びつつ、迫りくる魔獣を次々に撃退していく。

最後の一体まで魔獣を仕留《しと》めると、剣で死体を的確に解体した。

それらをマジックバッグに収納する。

「ふぅ……これで当分の食材は確保したが、まさかこんなことになるなんてな。料理番を引き受けたのは、間違いだったかも知れん……」

予想外の出来事の連続に、キッドは思わずそうぼやいたのだった。

キッドが厨房に戻った時、周囲は既に薄暗くなり始めていた。

(さっさと作ってしまうか……)

確保した食材をもとに料理を始めた。

キッドは手に入れた食材達と、自らのスキルで出現させた調味料を使いながら、次々と料理を作っていく。

すると、その匂いに釣られたのか、復興に励んでいた村人が次々とやってきた。

そして、村の広場での夕食会が始まった。

村の住人達は体を動かして復興に取りくんでいたこともあり、食欲が旺盛だった。

加えて、キッドの調味料で味付けされた料理は絶品であり、気が付けばキッドが今日確保した食材は、全て皆で食べつくしてしまった。

皆の食事が終わった後、キッドは言う。

「おいおい……明日も食材を取りにいかなくちゃいけないのか……参ったな……」

そう口にしつつも、料理を食べてもらえた喜びを感じていたため、その口角は僅かに上がっていた。

こうして、カナイ村は徐々に復興へと向かうのだった。

第二章
「きゅ〜せ〜ちょ〜！?」

Makyo Sodachi no
All-rounder Ha
Isekai de Suki Katte Ikiru!!

第一話　リュカの復活……？（だけど、何かが違うんですよねぇ……）

「とまぁ……今言った話が、カナイ村で起きた出来事だな」

僕、リュカはキッドさんからカナイ村に何が起きたかを聞いた。

「…………」

正直言って、キッドさんが言ったことを僕はにわかには信じられなかった。

だってあのとー祖父ちゃん達ですらかなわない魔物がいるなんて……。

僕が言葉を失っていると、キッドさんは続ける。

「村の復興が始まってから、一週間は経っている。村自体は少しずつ元通りになってきたが、いかんせん人手が足りなくてな。魔力を吸い取られた人達は目を覚ましていなくて……っと、そろそろカナイ村に着くな」

キッドさんに言われ、僕は視線を下に遣る。

話を聞くのに夢中で気付かなかったが、カナイ村はもう目の前だった。

キッドさんは村の中央広場にシルフィンダーを着陸させる。

「俺は後ろのこいつらを見ているから、リュカは先に村の様子を見てこい」

キッドさんはそう言って、いまだに後部座席で気を失っている、シンシア、クララ、ナガネの三人を見た。

早く村の状況を確かめたい僕からすれば、とてもありがたい言葉だ。

僕はキッドさんにお礼を言うと、家に向かって駆けだした。


家に向かいながら、僕は周囲を見回す。

キッドさんは少しずつ元通りになってきていると言っていたけれど、僕からすればこれほど荒《あ》れている村を見るのは初めてだった。

「本当に、ここまで酷《ひど》い状態になっているなんて……」

僕が不安を必死に抑えながら走っていると、突如として右手の紋章から光が発され、シドラが飛び出してきた。

「あるじ～皆は大丈夫なのかな～？」

どうやらシドラも心配で、我慢出来なくなったらしい。

その気持ちは痛いほど分かる。

こんなに静かなカナイ村は初めてだ。

もう結構な距離を走っているのに、幼馴染のサイラスやキースを始め、知り合いに全く出会わない。

僕は鼓動が速まるのを感じながら、家に急いだのだった。


五分後、結局誰ともすれ違わないまま、家の前に辿り着いた。

少し前に別れたシドラは、牧場にいる友だちの魔獣達の様子を見に行っている。

家に入ると、目の前には簡易ベッドの上に眠る多くの村人達の姿が目に入る。

その中には、父さんと母さんにとー祖母ちゃんの姿もあった。

「皆！」

僕は焦って家族の皆に顔を近付ける。

すると、浅いながらも呼吸音を聞き取ることが出来た。

「良かった……」

僕はそう思いいつつ、脱力し床に座り込んでしまった。

すると、背後から声が聞こえてくる。

「お前、リュカなのかい⁉」

声のした方を向くと、そこにはかー祖母ちゃんがいた。

僕は嬉しくなり、かー祖母ちゃんの元へ駆け寄る。

「かー祖母ちゃん！」

かー祖母ちゃんは僕の姿を見ると、信じられないといった表情を浮かべた。

「リュカ、なんでここに？　それにどうしてそんな子供の姿になっているんだい⁉」

「あ、えっと、これは、クラウディア王国で……」

僕はクラウディア王国で起きた出来事を説明した。

するとその説明を聞いたかー祖母ちゃんは、信じられないという表情を浮かべていた。

僕の説明を聞き終えたかー祖母ちゃんは呟く。

「まさかそんなことがあったなんてね……」

「驚いたのは僕も一緒だよ！　キッドさんから話は聞いていたけど、村がこんなことになっているなんてさ⁉」

「そうか、キッド殿に会ったのかい。あの人に助けてもらわなきゃ、村が壊滅していたかもしれないなんて、情けない話だよ」

かー祖母ちゃんは悔しさを滲ませながらそう言った。

その様子を見て、僕はようやくカナイ村の現実を理解することが出来たのだった。

かー祖母ちゃんから改めて村の現状を聞いた。

やはりキッドさんの言う通り、皆はまだ目覚めておらず、皆を襲ったという黒い球体は結界の中で放置されているらしい。

僕はかー祖母ちゃんに言う。

「気絶した人達に回復魔法は掛けてみたの……って、僕にわざわざ言われなくても、とっくに試してるよね？」

「あぁ、だけどなんの反応も見られないんだよ……」

僕は自分の目で確かめるため、近くにいた母さんに初級の回復魔法を掛けてみる。

しかし、かー祖母ちゃんの言う通り、なんの効果もなかった。

その様子を見て、僕は言う。

「確かに、意味がなさそうだね。となると聞いた通り、その黒い球体とやらをなんとかしないといけないのかな？」

「おそらくそうだろうね。でもあの球体は今も村の西でピンピンしているんだよ」

「弱ったり、小さくなったりはしていないの？」

「何も状態は変わってないね。グランマも当初は放っておけばなんとかなるかもと考えていたらしいんだけど……少なくともこの一週間で変化はないよ」

「それってもしかして、周囲の魔素を吸収しているからかな？」

「私もそう思って、周囲を完全に遮断《しゃだん》する結界魔道具を設置してみたんだけど、それでも変化が見られなくてね。もう今はなんにもしちゃいないよ」

結界魔道具は設置すると魔素はおろか、酸素ですら遮断する結界を展開するという、かー祖母ちゃんお手製の魔道具だ。

僕も昔、その結界の中にぶち込まれたことがあるから、その効果はよく覚えている。

確かあの時は、酸素がない状態で、己の魔力を使って生命を維持しろというめちゃくちゃな修業をさせられたんだよなぁ。

って、今はそんなこと思い出している場合じゃないか。

「とにかく、何をしても効果はなかったってことだよね。それじゃあとりあえず、僕も黒い球体っていうのを調べて来る！」

僕はそう言って、かー祖母ちゃんに背中を向ける。

そして、家の外に向かって駆けだした。

すると、背後から声が聞こえる。

「結界に閉じ込められてはいるけど、黒い球体に近づきすぎるんじゃないよ！　結界ごしでも魔力を奪われちまうらしいからね」

「分かった！　ありがとう！」
僕はそう言って家の外へと飛び出した。

黒い球体がいるという村の西に向かう途中、アトランティカが言う。
《それにしても、この村がここまで壊されるとはな……》
「僕もこの景色を実際に見て、かー祖母ちゃんと会うまで信じられなかったよ。アトランティカもキッドさんやかー祖母ちゃんの話は聞いていたよね」
《あぁ。やはり気になるのは、謎の黒い球体だ》
「そうだね。父さんも母さんに加えて、とー祖母ちゃんまでやられるなんてね」
《化け物みたいな強さのお前の家族がなぁ……？》
僕の家族がやられたことは、アトランティカにとっても衝撃のようだ。
「それで、アトランティカは例の黒い球体が一体何か分かる？」
《実物を見てみないことにはなんとも言えん》
「それもそうか……って、あれかな！」
前方に、正方形の結界と、その中に入った黒い球体を見つけた。
僕は足の動きを速め、結界の近くまで行く。

そして、アトランティカに声を掛ける。

「ねぇアトランティカ、これが実物みたいだけど、何か分かる？」

すると、しばらく経った後に、アトランティカから返事がくる。

《……どうやら、こいつは闇属性の魔力の塊《かたまり》のようだな》

「魔力の塊？」

《そうだ。それともうひとつ、近づくと結界ごしでも魔力を吸われるという話だったが、今も相棒の魔力は全く吸われていないな》

あっ、確かに！

か―祖母ちゃんは近づくと結界ごしでも魔力を吸われると言っていたけど、今の所そんな気配は全くない。

距離の問題かもと思い、ゆっくりと近づいていくが、ほとんど結界の目の前まで来ても、僕の魔力が吸われることはない。

「どういうことだろう……？」

《俺にも詳しいことは分からん。だが今の相棒の持つ魔力はかなり闇属性が強い。そのせいかも知れんな》

僕は少し前にザッシュと戦い、僕の内に宿る謎の呪い、ダークに助けてもらった。

それからはアトランティカの言う通り、体に眠る魔力のほとんどが闇属性になっている。

「闇魔力が強いと、こいつに魔力を吸収されないってことか。確かにカナイ村に強い闇属性の魔力を持つ人はいないし、その可能性はあるかもね」

人間で巨大な闇属性の魔力を持っている人はかなり少ない。

僕の記憶が正しければ、カナイ村で闇属性の魔力を持っているのは、僕ととー祖母ちゃん、それとリッカの三人だけだ。

でも、とー祖母ちゃんは生まれながらに闇魔力を持っていた訳ではない。

昔聞いた話だと、生まれて来たばかりの僕が闇属性を持っていたから、闇属性を理解する為に魔法薬の実験を重ねて、後天的《こうてんてき》に闇属性の魔力を獲得したとか。

でも、後天的に獲得出来る量には限界があったらしく、とー祖母ちゃんが持っている闇属性の魔力は微量という感じだ。

微量を持っているだけじゃあ効果がなくて、とー祖母ちゃんもこいつにやられたってことなのかな。

僕がそんなことを考えていると、突如として、結界の内部にある黒い球体が左右に小刻みに揺れ始めた。

「なっ⁉　なんだ⁉　さっきまで静かだったのに⁉」

僕が思わずそういうと、それに答えるように、心の内から声が聞こえてくる。

〔ほほぉ……？　何やら懐かしい気配がするな。そのおかげで目を覚ましてしまったぞ〕

「ダーク!?」

僕に声を掛けてきたのは、ダークだった。

この体になってから、ダークの声は聞こえなくなっていたはず。

それに、懐かしいって……？

僕の脳内にはいくつかの疑問が浮かび上がるが、ダークは続ける。

〔黒天球《こくてんきゅう》……やはり懐かしいな。それにコイツの中にはヴェンギスヴァルガーとスカイデッカーの魂も同化している。近くで死んだ二匹の魂を吸収したということか……〕

「えっと……ダーク。どうして急に話し掛けてきたの？　今まではいくら声を掛けても返事をくれなかったのに」

言っていることがいよいよ分からなくなり、僕は思わず尋ねた。

ダークは答える。

〔なに、単純な話だ。我は貴様の闇魔力の一部だ。だが今の貴様の体は魔力が少なすぎて、起きているのがしんどかったのでな。仮眠を取っていただけのこと〕

「……じゃあ、さっき言ってた懐かしいとか、変な名前とかは？」

〔貴様の目の前にある黒い球体は黒天球と言い、生前の我が作ったのだ。それだけではない。今の黒天球の内部には合成獣ヴェンギスヴァルガーとスカイデッカーの魂があるが、それらも生前の我が開発した魔獣なのだ。だがもう一体、ヴェヌギースの気配は見つからないが――〕
何？　生前？　ヴェヌギース？
くそ、ダークの言っていることが全然分からない。
そもそもダークには前世があったということか？
僕が頭を混乱させている横で、今度はアトランティカが声を発する。
《ヴェヌギースはダン達が倒した魔物……そしてそれを開発した奴といえば……なるほど！　そういうことか！》
〔ほぉ……気付いたか、そうか。確か貴様は英雄ダンの使用していた魔剣だったな……〕
僕は蚊帳《かや》の外という感じで、ダークとアトランティカは納得したような様子だった。
「ねぇ、アトランティカ。さっきからなんの話をしているの？」
《今、ダークが挙《あ》げた魔獣の名前は、全て魔王サズンデスが産み出したものだ。つまり、相棒よ、お前の中にいるダークという存在の正体は……魔王サズンデス・・・・・・魔王サズンデスだ》
「………………は？」
〔ふっ、ヒントを与えすぎてしまったからな、流石に分かるか……〕

僕はアトランティカの話で呆けてしまっていた。
僕の生まれた時から体の中にいた呪いは、魔王サズンデスだった……って、そんな話が信じられる訳……いやでも、アトランティカが嘘を言う必要はないし……？
ダメだ。あまりの事実に、脳内がキャパオーバーしている。
僕が必死に情報を整理している間に、アトランティカとダークは続ける。
《おい魔王よ。相棒の体に宿り、何を企んでいる？　相棒の体を支配して、現世に復活でもするつもりか！》
〔かつての我の所業を考えると、貴様が疑《うたが》うのも仕方がないことだろう……だが生憎《あいにく》、我にそんな気はない〕
《では貴様の目的はなんだ⁉》
〔我の目的はただひとつ。ダンとの誓《ちか》いを果たすことだ！　貴様もあの時、我とダンの戦いの場にいたのであれば、知っているだろう？〕
《あっ！　あの時の話か！》
アトランティカとダークは二人で勝手に納得していた。
だが、僕は当然、状況がよく分かっていない。
えっと、とりあえず落ち着いて、今分かったことを整理しよう。

まず、僕の体に宿っていた呪いは、実は過去、英雄ダンに倒された魔王、サズンデスだった。

それで、目の前にある黒い球体は、かつてサズンデスが作った魔獣とのこと。

サズンデスが僕の体にいる理由は、ダンとの誓いを果たすため……？

……うん、改めて整理しても、やっぱり完全に理解は出来ないや。

でも、考えを纏めたおかげで少しは落ち着いたかも。

僕は深呼吸して尋ねる。

「あの、その、ダークが言う誓いってなんなの？」

〔ん？　あぁ、貴様は知らんか。なら説明しよう。あの男、ダンは我を倒した後にこう言ったのだ――〕

《魔王サズンデスの所業は全てを許す！　その代わり今度生まれ変わって出会うことが出来たのなら、その時は友になって欲しいとな！》

ダークが答えるより先に、アトランティカが答えた。

〔ははは っ！　貴様もやはり覚えていたか！　我はその発言を聞いた時、思わず耳を疑ってしまったぞ〕

《そうだな。オレもダンが何を言い出したのか理解出来なかった。異世界人とは、そんな突拍子《とっぴょうし》もない考えを持つものなのかと思ったぞ！》

ダンがそんなことを言っていたなんて、初耳だ。

魔王サズンデスは悪逆の限りを尽くし、世界を征服しようとしたはず。

それなのに、それを許して、しかも友だちになる？

「……器《うつわ》がめちゃくちゃ大きいってことなのかな……」

僕が思わず呟くと、ダークは答える。

〔いや、あの男はただ阿呆《あほう》なだけだろう！〕

《あぁ、それにはオレも同感だ》

〔ふっ、だが、我にはその阿呆さが忘れられなくてな。死の間際、不思議と誓いをはたしたいと思ってしまったのだ〕

そう言って、ダークは愉快げに笑った。

その声を聞いて、今までのダークの言葉は本心から出たものなのだろうと僕は感じた。

まぁ、もちろん相手はあの魔王サズンデスなんだから、完全に信用は出来ないけどね。

僕は言う。

「でもさ、なんでダークは……いや、魔王サズンデスって呼んだ方がいいのかな？」

〔ダークで構わんぞ。いきなり呼び名を変えられても違和感がある〕

「分かった。それで、なんでダークは僕に協力的なの？　ダークの目的と、僕を助けることの繋がりが分からないんだけど」
〔我が貴様を助けるのは、生まれ変わるためだ。そうしないとダンとの誓いを果たせないからな〕
「生まれ変わるため？」
〔そうだ。この世界では死した者のうち、生前に多くの善行《ぜんこう》をなしていた者だけが生まれ変わることが出来る。だが死した直後の我は、とても生まれ変われるような存在ではなかった。だから人間に宿り、その者に巨大な善行を果たさせることで、我も生まれ変われるようになろうと思った訳だ。そして良い宿主がいないかと探していた所、出産間際の貴様の母親を見つけてな〕
あ、その話、聞いたことがある。
確か母さんが僕とリッカを産む直前、呪いに憑《と》り付かれかけたとか。
でも、結局呪いは僕に憑り付いたんだよね。
〔まもなく産まれる二人からは、世界を救うに足る才能を感じた。だからそのどちらかに憑り付こうと決意したのだ〕
なるほど、それが、僕に呪いが憑り付いた本当の理由なのか。
〔まぁ、最初はより才能のあったリッカという娘の方が良いと思ったのだが、あの娘は産まれながらに聖力を持っていたからな。闇属性の我は近づけなかった。それで仕方なく貴様を選んだという訳だ〕

仕方なくって……なんかちょっとショックだな……。

まぁ、今はそんなことはどうでもいい。

それより、気になることがある。

「でもダークって、僕を助ける時、毎回対価を要求してくるよね」

ダークに力を借りる時は、膨大な魔力などを要求される。

僕を助けるためなら、そんなことをする必要はないはずだけど……。

〔それは仕方あるまい。今のこの状態では、いくら我でも対価なしに力を発揮することは出来ないのだ〕

なるほど、それなら納得出来る。

とはいえ、対価が毎回大きすぎるんだよなぁ。

僕がそんなことを思っていると、ダークは思い出したように言う。

〔……おっと、話はこのくらいにしておいた方が良さそうだぞ。黒天球がお前の魔力に共鳴《きょうめい》して
［オーバーロード］を起こそうとしているからな！〕

ダークにそう言われ、僕は目の前にあった黒い球体——黒天球を見つめる。

すると、先ほどまでの左右への揺れがより大きくなっている姿が目に入った。

「［オーバーロード］って……それが発動したら一体どうなるの？」

〔ここら一帯が全て吹き飛ぶほどの大爆発が起きる。この程度の結界では、とても防ぎきれんだろうな〕

「おいおい！　マズいじゃないか！」

〔我なら止める手立てを持っているが、どうする？〕

どうするって言われても……。

僕は慌てながら、腰にあるアトランティカに話し掛ける。

「アトランティカ、ダークの言っていることを信じても良いのかな？」

《この状況では、信じるしかあるまい。確かに、黒天球とかいう魔獣の魔力は徐々に膨れ上がっている》

「……分かったよダーク。お願い出来る？」

〔よし、いいだろう。では、貴様の体を借りるぞ！〕

ダークがそう言った瞬間、僕の体から黒いオーラが噴《ふ》き出た。

それと同時に、体の支配権がダークに移り、僕は体の内から自分を見ているような状態になる。

ダークは僕の体を操ると、アトランティカを使って、あっさりと黒天球を封じる結界を粉々にした。

その後、ダークが手をかざすと、黒天球がその手に吸い込まれ始める。

体の中に膨大な魔力が入ってくるのが分かる。

黒天球を全て吸収し終えると、体の主導権が再び戻って来た。

ダークが言う。

〔黒天球は闇の魔力の塊だからな。我であれば吸収するのはたやすい〕

ダークはなんでもないことのように言うが、僕は内心驚愕していた。

とはいえ、それはダークが黒天球を吸収したことに対してではない。

「体が元に戻った⁉」

そう、視点の高さが先ほどまでより、遥かに高くなっていた。

〔貴様が子供の姿から戻れなくなっていたのは、［時間逆行］を食らった直後、大量の魔力を失い、体の魔力バランスを崩したからだ。十分な魔力が戻れば、体も元通りになるだろう〕

確かにダークの言う通り、僕は子供の姿になった直後意識を失い、体に宿る闇魔力を暴走させてしまった。

それを止めるため、シオンやリッカ達は魔力を吸い取る［吸収］を僕に掛けたらしい。

そのせいで、体が元に戻らなかったのか。

僕が納得していると、アトランティカが言う。

《いや……戻ったというより、本来の姿よりさらに大人になったような感じだぞ》

「えっ……あっ、そういえば、ここまで視点高くなかったかも……それに、声もちょっと低くなった気がする」

僕は気になり、収納魔法から手鏡を取り出した。

するとそこには、顔つきは今までと同じだが、これまでよりも成長して、大人の男っぽくなった僕の顔があった。

「これは一体……」

〔恐らく、黒天球の魔力が膨大過ぎたため、一時的に体が成長してしまったのだろう。魔力のバランスが本来の状態に戻れば、体も元に戻るはずだ〕

そっか……今の顔、男っぽくて、僕の理想の顔なんだけどな……。

でもずっとこのままでもそれはそれで困るし、いっか。

《それより相棒。今のお前は裸だが、よいのか？》

「えっ？」

アトランティカに言われ、僕は改めて自分の体を見つめた。

すると、全裸の自分の姿が目に入る。

足元には先ほどまで着ていた服の破片《はへん》が散らばっていた。

ヤバい。体が大きくなって、服が全部破けちゃったんだ！

僕は大慌てで収納魔法から体が小さくなる前に着ていたいつもの服一式を取り出した。

急いでそれらを着る。

袖や丈は以前着ていた時より確実に短くなっていたが、着られないことはない。

「……ふぅ、危ない危ない。あんな姿を誰かに見られたら変態扱いされちゃうよ」

僕は服を着ると、安心して溜息を吐いた。

そして他にも変な所がないか、再び手鏡で確認していく。

すると、髪の一部が銀髪になっているのが気になった。

「この髪も、膨大な魔力を取り込んで、魔力のバランスが崩れている影響なのかな？」

〔そうだろう。そもそも貴様の本来の髪は銀髪だった。だが、我が貴様と融合《ゆうごう》し、魔力が変化したことで黒髪になったのだ〕

「ふーん。確かに、僕の家族に黒髪はいないもんね」

まぁ、僕は髪の色にそこまでこだわりはないからいいんだけど。

《それより、あの黒天球はいなくなったが、相棒の家族達はどうなったのだ？》

アトランティカの言葉を聞いて、ふと我に帰る。

そうだ！　皆は黒天球のせいで目を覚まさないという話だった！

体が元に戻った衝撃で忘れていたけど、僕が黒天球を吸収したら、どうなるのだろう。

するとダークが答える。

〔我が吸収したのは、黒天球が元々持っていた闇魔力だけだ。奴が吸収したその他の属性の魔力や生命力は、全て持ち主の元へと帰っている〕

「ってことは、皆目覚めるんだね！」

僕は急いで、来た道を引き返し始める。

よかった！　これで一件落着のはずだ！


家へと向かう途中、少し冷静になった僕は考える。

さっきは子供の姿を見せて、今度は成長した姿を見せるとなると、当然事情を説明しなくちゃいけないはず。でも……。

「……ねぇ、アトランティカ……家族の皆にはダークのことは説明しない方がいいよね？」

《『僕の体には魔王サズンデスが融合している』などと言えば　お前の家族なら全力でお前を始末《しまつ》しにくるかもしれんな。それでもいいと言うなら止めはしないが……》

「……うん、やめておくよ」

皆なら本気でやりかねない。

すると、今度はダークが言う。

〔おい。我もお前に一つ言うことがある。もし今後、我の力を借りたいと思った時は、［モード・ダーク］と叫べ〕
「［モード・ダーク］？」
〔あぁ、そうすれば、貴様は対価なしで我の力を使うことが出来るようになる。大量の闇魔力を吸収した今だからこそ出来ることだ〕
ダークの力を無条件に使えるようになるのか、それはありがたいな。
「使いたい時はいつでも使って良いのかな？」
〔構わんが、恐らく今のお前では、完全に我の力を使いこなすことは出来ない。体にかなりの負担が生《しょう》じることになるだろう〕
「かなりの負担って、具体的にどんな感じ？」
〔具体的には分からんが、その身に強大な魔力を宿すのだ。完全に我の力をコントロールするまでは、何かしらのデメリットは常に発生すると思え〕
なるほど、そうなると対価が必要ないとしても、気軽には使えないな。
［モード・ダーク］はとっておきにしよう。
とはいえ、実戦でいきなり使うのは怖いし、少しだけ試してみるか。
僕は走りながら、呟く。

「［モード・ダーク］」

すると、全身から大量の闇魔力が噴き出してきた。

凄い！　体中から力が湧き上がってくる！

しかし、感動したのも束《つか》の間、闇の魔力は僕の意思に反して溢れ続ける。

くそ！　力のコントロールが難しいな……。

僕はなんとか魔力を制御しようとするが、上手く行かずに魔力が放出され続ける。

そして、あっという間に魔力が枯渇《こかつ》すると、異常な眠気が襲って来る。

そのまま僕は道の上で意識を失ってしまった。

◇　◇　◇　◇

僕が目を覚ますと、そこは家の中だった。

視界の端には、僕に背を向けて何かをしている、父さん、母さんの姿が映る。

「父さん、母さん！　目覚めたんだね！」

僕が体を起こそうとすると、激痛が全身を駆け巡った。

ぐっ、これもダークの言っていた副作用か？

さっきもいきなり魔力切れで気絶しちゃったし、［モード・ダーク］は要練習だな……。

痛みをこらえながら、ベッドから身を起こした。

すると、父さんと母さんが駆け寄って来る。

「リュカ！　もう大丈夫なの⁉」

僕は母さんの問いに頷き、ベッドから立ち上がった。

すると、自分の背丈が父さんと母さんを超えているのに気が付く。

自分の体が大きくなっているのは分かっていたけど、実際に人と会うと、なんか変な感じがするなぁ。

そんなことを思いながら口を開く。

「父さんも母さんも、無事に目を覚ましてくれて良かった」

「聞いたぞリュカ。お前があの黒い球体を調べに行くと言った直後、僕達は目覚めたらしいな。お前が何かしてくれたんだろう」

「それにしても、一体何があったの⁉　リュカはついこの間までは、私達より背が低かったのに……」

「あっ、えっと……」

母さんの疑問ももっともだ。

ダークが黒天球を吸収したとは言えないし、どうしよう。

僕は少し考えたあと、黒天球と戦い、なんとか勝利したけど、その際に謎の魔法を食らったせいでこんな姿になったと説明した。

ちなみに魔力を吸収する黒天球の能力は、超高出力の複合統一魔法なら吸収されなかったと言って誤魔化《ごまか》した。

かなり苦しい言い訳だというのは自分でも分かっていたが、幸い、父さんも母さんも深く突っ込んでくることはなかった。

僕の話を聞いた後、父さんと母さんは言う。

「そうか。お前があの黒い球体を倒してくれたのか。僕は誇らしく思うぞ」

「しかも、その姿になる前は、リュカは子供の頃の姿だったってシンシアさんとクララさんから聞いたわよ。子供の姿でよく戦ったわね」

おっと、シンシアとクララも目覚めていたのか。

しかし、周囲に二人の姿はない。

「えっと、僕が気絶してからどれくらいの時間が経っているの？」

僕の問いに母さんが答える。

「村の西でリュカが倒れているのを見つけてから、もう四時間くらい経っているわね」

「四時間か……てことはその間に父さんと母さんは、クラウディア王国で僕に何が起きたのかを聞いたんだね」

「えぇ、そうよ。私も子供の頃のリュカをもう一度見たかったのに！」

そう言って、母さんは僕にぐいと近づいてくる。

おいおい、さっきまで気絶していたのに元気だな。

流石母さんだと思いつつ、僕は言う。

「勘弁《かんべん》してよ。あの姿は色々と不便でたまらなかったんだから……」

「あっ、そうだ！　メイク魔法なら戻れるんじゃない！　ね、一回使ってみて、ほら、早く！」

ダメだ……僕の話を聞いちゃいない。

こうなると、母さんは誰にも止められないんだよなぁ。

僕は呆れつつ、服装や姿を変えるメイク魔法を自分に使う。

すると、見事に子供の時の姿に戻ることが出来たのだった。

本来、メイク魔法では身長や骨格を大きく変化させることは出来ない。

でも、僕は子供になった記憶を実感として覚えていたから、全身を子供の姿に戻すことが出来てしまった。

そんなことが出来ても全く嬉しくないけど。

子供の姿の僕を見て、母さんが言う。

「おぉ～確かに、あの頃のリュカね！」

「これでいいでしょ。って、戻っても良いかな？」

「え～もうちょっと～って、あぁ、もう～」

僕は母さんの言葉を無視して、メイク魔法を解除した。

……なんか、感動の再会って空気じゃなくなったな。

少し気が抜けつつ、僕は母さんに尋ねる。

「ところで、シンシアとクララとナガネは？」

「少し前まではここにいたんだけど、今はピエール学園長の元へ向かったわ。あの人も少し前に意識を取り戻したらしいの」

そっか、ピエール学園長も黒天球にやられていたのか。

あの三人は魔法学園の生徒だし、先生が心配だったんだろう。

「それじゃあキッドさんは？」

「あぁ、あの方は……」

母さんは窓の外を指さす。

その方向を見ると、キッドさんが外に設置された簡易厨房で料理を作っている姿が目に入った。

キッドさんの周囲には人だかりが出来ており、もう何人かは出来上がった料理をその場で美味しそうに食べている。

キッドさんは随分と村に馴染《なじ》んでいる様子だった。

その様子を見て僕が思わず微笑む。

すると、父さんが思い出したように言う。

「ところでリュカ、リッカ達が今どうなっているか分かるかい？」

「いや、それが今の僕は念話が使えなくてさ。むしろ父さん達は知らないの？　二人だって念話を使えるでしょ？」

「それがまだ魔力が本調子じゃなくて、遠い所までの念話は出来ないみたいなんだ。家に来てくれた三人から、海底トンネルに落ちたんじゃないかって話は聞いたんだけど……」

そっか、確かにリッカのことも気になるな。

って、あれ、今の魔力が戻った僕なら、念話も使えるんじゃないか。

僕はそう思い、試しに念話を使ってみることにした。

《リッカ……聞こえるかい？》

《リュカ兄《に》ぃ？　念話を掛けてきたってことは、魔力が戻ったのね……って、あれ、声が変じゃない？　ちょっと低い？》

やった、通じたぞ！
僕は内心ガッツポーズを浮かべつつ続ける。
《いや、そのあたりは説明するのが面倒でさ。それより、リッカは今はどこにいるの？》
《少し前までは、ファークラウド大陸からの海底トンネルの中にいたんだけど……》
《やっぱり海底トンネルにいたんだね！》
《やっぱり？》
《リッカ達のこと、新聞で話題になってたんだよ。そっちの皆は無事なの？》
《うん。こっちでは色々あったけど、とりあえずなんとかなって、今は海底トンネルの出口と繋がっていたモィレル港にいるんだ》
やっぱりモィレル港か。
あそこには行ったことがあるぞ。
僕の転移魔法は一度行ったことがある場所へならすぐ移動出来る。
早速迎えに行こう。
僕は転移魔法を使おうとするが、魔力の制御が上手く出来ず、発動することが出来なかった。
その後も何度か転移魔法を試みるが、やはり発動しない。
うーん、魔力量は問題なくなったのに、今度は魔力操作が上手く出来なくなっちゃったな。

それに、転移魔法は繊細な魔力操作が必要だしね。
となると、とりあえず今すぐ迎えに行くのは厳しそうだ。
《リッカ達は転移魔法はまだ使えないんだよね》
《うん。海底トンネルで色々あったこともあって、私もシオンもまだ魔力が乱れているんだよね。あと一週間もあれば本調子に戻ると思うけど》
一週間か。
さっきの魔力の感覚からすれば、僕は三日もあれば制御のコツは掴めそうだし、僕が迎えにいく方が早いな。
僕は少し考えてから言う。
《そっか、それなら僕が転移魔法で迎えに行くよ。変に動かれて、僕が転移出来ない場所に行かれても困るし、少しの間モィレル港で待っててくれ》
《リュカ兄ぃは魔力が戻ったんでしょ。すぐに迎えに来てくれないの？》
《そうしたいのは山々なんだけど、こっちも少し厄介なことが起きていてね……》
《厄介なこと？》
《それは自分達の目で確認した方が早いと思う。とにかくリッカ達はモィレル港で待っていてくれないかな》

《う、うん。分かった》
リッカの返事を聞き、僕は念話を切る。
そして、父さんと母さんにリッカの状況を伝えた。
リッカが無事だと分かり、二人も安心した様子だった。

翌日からは、本格的に村の復興が行われるようになった。

黒天球に魔力を吸われていた人達が一斉《いっせい》に目を覚ましたため、人手が一気に増え、村の復興速度は各段に早くなった。

それだけでなく、母さんの調子が戻り次第、魔猟祭で命を落とした人達を蘇生させる予定にもなっている。

これでとりあえずは一安心だろう。

ちなみに、シンシア、クララ、ナガネも街の復興を手伝ってくれている。

本当にありがたい話だ。

もちろん僕も村の力になるべく、今は村の広場でキッドさんと一緒に復興に取り組んでいた。

資材を運んでいると、隣にいるキッドさんが言う。

「子供の姿かと思いきや、今度は大人になっているとは……お前はつくづく分からんな」

僕と同じように資材を運びながら、キッドさんがそう言った。

「あはは……」

なんと返せばいいか分からず、僕は苦笑いを浮かべる。

すると、前方から神妙な面持ちをしたとー祖父ちゃんがやってきた。

とー祖父ちゃんはキッドさんの前に来て口を開く。

「キッド殿……」

「ん？　何か用か？」

「以前お話しした手合わせをお願いしたいのだが……」

手合わせ？

あぁ、以前キッドさんから聞いた、とー祖父ちゃんがキッドさんと戦いたいってやつか。

あの時は『村が落ち着いたらやってやる』って言って、キッドさんは流したらしい。

確かに村の復興も希望は見えて来たけど、だからといってこんな時に……。

僕はとー祖父ちゃんを見て、内心呆れる。

隣にいたキッドさんも呆れていたようだが、とー祖父ちゃんの真剣な眼差しを見て、手に持っていた資材を地面に置いた。

「まぁいいだろう。約束だしな。開けた場所に行くぞ」

キッドさんは移動を始める。

とー祖父ちゃんと僕はそれについていった。

広場に出た二人は一定の距離をとり、向き合う。

二人の間にひりついた空気が流れた。

すると、復興に取り組んでいた人々の多くが足を止め、『なんだなんだ』『決闘か』なんて言いながら集まりだした。

あっという間に二人の周囲に円形の人だかりができる。

皆はどうやら、二人の発する殺気に興味を持ったらしい。

まぁ僕も本音を言えば、今から起きることが少し楽しみだ。

キッドさんととー祖父ちゃんの戦いが見られるなんてね。

周囲が徐々に盛り上がり始める。

だが、二人は見物人が集まったことなど気にもしていないという様子で、真剣な眼差しを互いに向ける。

すると、人混みの中からかー祖父ちゃんが現れた。

「少し待ってください。この勝負、審判《しんぱん》は儂がやりましょう。それと万が一の為、二人には［加護のネックレス］を」

そう言って、かー祖父ちゃんは懐はネックレスを二つ取り出し、二人に手渡した。

あれは、かー祖母ちゃんが作り出した、致命傷を一度だけ防いでくれる魔道具だ。

二人がそれを首にかけたのを見て、かー祖父ちゃんが大きな声で『試合開始！』と叫んだ。

それを聞いた二人が同時に口を開く。

「よろしくお願いします！」

互いに礼をした後、二人は剣を抜く。

その中で気になったのが、キッドさんの剣。

刀身が純白《じゅんぱく》の剣なんて、見たことがない。

僕が不思議に思っていると、とー祖父ちゃんは言う。

「キッド殿、胸をお借りいたしますぞ！」

「それはこちらもだ」

とー祖父ちゃんは両手で剣を持ち、切っ先を相手の喉元に向ける、正眼《せいがん》の構《かま》えを取った。

対してキッドさんは剣の切っ先を自身の後方に向け、剣を持った腕を右腰の辺りまで持っていく、中段の脇構《わきがま》えをする。

どちらもその構えを取ってから、動きを止めた。

そのまま一分が過ぎようというタイミングで、周囲から声があがる。

「どっちも全く動かないぞ？」

「何故動かないんだ……」

皆の気持ちも分からないではない。

でも、おそらくは二人とも動きたくても動けないのだろう。

両者とも、相当の気迫《きはく》を放っている。これでは、僅かな隙が命取りだ。

キッドさんととー祖父ちゃんの頬に一筋《ひとすじ》の汗が流れる。

それと同時に、キッドさんが腰のあたりに置いていた手を下げ、脇構えを下段に変える。

仕掛ける気だ！

僕がそう思った瞬間、とー祖父ちゃんも動きを見せる。

とー祖父ちゃんは切っ先を真上に上げ、剣を持つ両手を顔の右隣へと持ってくる、いわゆる八相《はっそう》の構《かま》えをとった。

そして、二人は同時に踏み込む。

とー祖父ちゃんは袈裟《けさ》斬《ぎ》り、キッドさんが下段右方向からの切り上げを放った。

二人の刃がぶつかり合い、鍔《つば》迫《ぜ》り合《あ》いの状態になる。

しかし、体格的に小柄なキッドさんの方が力が弱いのか、徐々にとー祖父ちゃんが押していく。

キッドさんもそれを察したのか、すぐに後退しつつ、横薙《よこな》ぎを放った。

とー祖父ちゃんはそれを難なく受け流す。

そこからは剣戟《けんげき》の嵐が始まった。

二人は互いに接近したり離れたりを繰り返しながら、剣を振るい合う。

刀身がぶつかり合う音が辺りに響いた。

「流石に剣聖と言われるだけのことはあるな！」

「キッド殿もかなりの腕前とお見受けする！」

互いを認め合いながら、さらに二人の戦いは激しさを増していく。

切り合いが十分ほど続いたタイミングで、とー祖父ちゃんは笑みを浮かべた。

「覇王流奥義《はおうりゅうおうぎ》……［虎牙破斬撃《こがはざんげき》］!!」

鬼気迫《ききせま》る一撃が、キッドさんの剣に迫る。

キッドさんはこれまで通り、それを刀身で受けようと構えた。

しかし、刀身を合わせた瞬間、キッドさんの刀身が真っ二つに折れてしまった。

そう、［虎牙破斬撃］は相手の武器を破壊する技なのだ。

キッドさん僅かに目を見開き、すぐに距離を取る。

とー祖父ちゃんは攻撃をやめ、ニヤリと笑った。

「これで、勝負が決まりましたな！」

「ふっ、それはどうだろうな？」

「刀身が破壊されたら、勝敗は付いたも同然でしょう？」

「普通はそうだろう。だが、俺は刀身を折られたくらいでは負けん。アーパスセイバー！」

キッドさんがそう言うと、柄に残っていた白い刃が瞬時に霧散《むさん》する。

そして今度は透き通る水の刀身が出現した。

「俺の魔剣シーズニングは、元々刀身が無くてな。その代わり、俺のスキルを刀身に具現化させるという能力を持っているんだよ」

そういえば、カナイ村の話を聞いた時に、そんなことを言っていたかもしれない。

しかし、とー祖父ちゃんは初耳だったようで、信じられないといった表情を浮かべる。

「そのような魔剣なぞ聞いたことはありませんぞ!!」

「へぇ、そうなのか。まぁ、こいつは俺が元々いた世界から持ってきた物だし、こっちの世界には似たような物がないのかもな」

キッドさんはそう言って、挑発《ちょうはつ》をするかのような不敵な笑みを浮かべた。

とー祖父ちゃんは顔を引き締め、再度構えを取る。

「……ということは、まだ勝敗は付いていないということですな」

「いや、すぐに勝負は終わる。もう少し楽しみたかったが、奥義を出された以上はこちらも本気にならざるを得ないからな！」

キッドさんはそう言って、剣をとー祖父ちゃんに向けると、左腰の辺りに構えた。

「覚悟はいいか……？」

「そこから繰り出されるのは……突きでしょう？　その程度、儂にも分かります」

確かにあの構えを見たら、僕も次に来るのは突きだと思う。

だが、キッドさんは笑って言う。

「アンタは俺の紅蓮院流剣術を知っているようだが、こいつはどうかな⁉」

「なに――」

キッドさんは返事を待たず、僅かに足を動かす。

すると次の瞬間、とー祖父ちゃんの間合いにキッドさんはいた。

とー祖父ちゃんは驚いたようで、僅かに怯《ひる》んだが、すぐに防御の構えを取る。

しかし、キッドさんは構わず叫ぶ。

「紅蓮院流裏剣術・奥義――［無影斬《むえいざん》］！」

その瞬間、とー祖父ちゃんは後方に吹き飛ばされていた。

なんだ⁉　何が起きた⁉

周囲の人達もキッドさんの動きが見えなかったようで、どよめきが広がる。

すると、次の瞬間、とー祖父ちゃんの首にかけていたネックレスが砕《くだ》けた。

キッドさんは、審判役のかー祖父ちゃんを見る。

すると、かー祖父ちゃんは右手を掲《かか》げて『決着！　キッド殿の勝利！』と叫んだ。

周囲に静寂《せいじゃく》が広がる。

もちろん、僕も言葉を失っている。

ここにいる全員が、とー祖父ちゃんの強さはよく知っている。

そのとー祖父ちゃんがまさか敗北するなんて……。

すると、キッドさんは一人背を向け、歩き出した。

「用は済んだし、俺は復興に戻るぞ。だがじいさん、あんたの体が全盛期の時に戦ってみたかったよ……」

キッドさんは人混みを飛び越えると、あっと言う間に見えなくなってしまった。

かー祖父ちゃんは、倒れたとー祖父ちゃんに駆け寄り言う。

「珍しいな。お前ともあろう者がここまでやられるとは。油断でもしたか？」

すると、とー祖父ちゃんは立ち上がり言う。

「儂は断じて油断などしていない。彼の強さは本物だ。恐らく若い時の儂でも勝てんじゃろう」

「な、なんじゃと……」

「これが……真の紅蓮院流なのだな！　こんな技は、ダン様にも教わらなかった」

こうして、キッドさんととー祖父ちゃんの戦いは終わった。

僕は改めてキッドさんの強さを再認識したのだった。

第二話　リュカの成長について（色々報告の回です）

キッドさんととー祖父ちゃんの戦いが終わってから、さらに二日がたった。

復興は順調に進み、しかも母さんの力も戻ったので、蘇生魔法で皆も蘇ることが出来た。

本当に良かったと心の底から思う。

そして、僕は魔力制御のコツを掴み、無事転移魔法を使えるようになった。

こうして僕は久しぶりにリッカ達に会うべく、転移魔法でモィレル港へと行くのだった。

モィレル港に向かった僕は、事前にリッカから聞いていた、近くの宿屋へと向かう。

皆はそこに待機しているらしい。

宿屋に付き、聞いていた番号の部屋に入ると、そこには皆の姿があった。

久しぶりに仲間と再会し、僕は思わず微笑む。

しかし、リッカ、シオン、ガイアン、グロリアの四人が、僕を見て目を見開いていた。

「リュカ兄ぃ……だよね？」

「リュカさん。一体どうしてしまったんですか⁉」

「お前、なんか背がデカくなってねぇか？」

「それに、顔つきも大人っぽくなった気がします」

「まぁ、色々あってね……」

まぁ、皆の反応は当然だよね。

という訳で、僕はカナイ村が黒天球に襲われ、多くの人々が昏睡状態になったこと。その後、黒天球を吸収したらこの姿になったことを説明した。

しかし、皆ハッキリとはこの話を信じてはいないみたいだ。

まぁ、カナイ村の人達がやられるなんて、確かに信じられないよね。

しかし、事実は事実だ。

こうして、僕の説明を聞いた後、リッカとガイアンは言う。

「……カナイ村の皆がやられたっていうのは信じられないけど、でもリュカ兄ぃのその姿を見たら信じるしかないのかな。よっぽど変な魔物でも出なきゃ、リュカ兄ぃの姿が変わるなんてあり得ないだろうし……」

「確かに、リュカの奴、デカくなった上に、男らしくなったもんな。以前は女と間違われるような見た目をしていたのに」

「ガイアン、僕に喧嘩《けんか》売っているの？」

女と言われ、僕はガイアンを睨みつける。

「いや、そういう意味ではないんだが、リュカはリッカより小さかったしな」

ガイアンの言う通り、昔の僕の身長は百五十八センチで、家族の中で一番低かった。

ちなみにリッカは百六十センチあるから、僕より二センチも大きい。

たかが二センチ！　でもこの二センチがめちゃくちゃ結構重要なんだよ!!

まぁ今の僕は百七十三センチあるから、ガイアンの言葉なんて気にならないけどね!!

……おっと、つい熱くなってしまった。

僕が追いついた所で、今度はグロリアが口を開く。

「えっと、私はリュカさんの髪も気になります。どうして少し銀髪になっているんですか？」

「あ、そっか……その話をしないとね」

そうだ。ガイアンに身長の話をされてすっかり忘れていた。

しかし、僕が答える前に、シオンが言う。

「あの、とりあえずカナイ村へ向かいませんか？　村の状況も気になりますし、話はその後でもいいと思うんですが」

「いや、これからする話は、家族の皆には聞かれたくないんだ。だから、ここで話そうと思う」

「そ、そんなに大切な話なんですか」

動揺するシオンに対し、僕は頷く。

「これから先の話をするに当たって、皆にお願いがある。この話が家族に知られた場合、僕はこの世から消される可能性があるんだ。だから、家族を始め、村の皆には絶対に秘密にしてほしい。それと……」

僕はリッカの方を見て、言葉を続ける。

「出来ればリッカには、この話は聞いてほしくないんだけど……」

僕がそう言うと、リッカはポカンとした顔をした後、怒り顔を浮かべた。

「ちょっと！　私だけのけ者にする気？」

「いや、お前は口が軽いし、すぐにバラしちゃうと思って」

僕が何気ない口調で言うと、リッカは頬を膨らませ、腕をブンブンと上下に振った。

「私のことをなんだと思っているのよ！　いくらなんでも、リュカ兄ぃの命に関わるようなことをバラすなんてしないって!?　だから聞かせて！」

「そんなに聞きたいのか？」

「当たり前でしょ。皆には話すのに、私だけのけ者なんて酷すぎるじゃん！」

まぁ、リッカの性格ならこう言うよな。

よし、ここまで想定どおりだ。次の作戦に移ろう。

僕は収納魔法から金貨を入れた袋を取り出して、リッカの前に差し出した。

「分かった。リッカ、ここに僕の全財産の金貨五百六十枚がある。これをあげるから……どうか聞かないでくれ」

僕は極めて真剣な表情で言うが、リッカはブチ切れる。

「ちょっと！　お金で誤魔化そうなんて、私のことをなんだと思っている訳!?」

「いや、だってお前、秘密を知ったらことあるごとに、『家族に言われたくなかったらお金をよこせ！』とか言ってくるじゃん。それだったら先に払って勘弁してもらおうと思って……」

「そんなことする訳ないでしょ！」

「嘘吐くなよ！　お前、前に僕がとー祖母ちゃんの魔法薬をコッソリ持ちだしていたのを見つけた時、『チクられたくなかったら、お金貸して！』とか言ってきたじゃないか！　しかもその後も何回も同じネタを持ち出して、めちゃくちゃお金の無心してきたよな！」

僕がそう言うと、ガイアンとシオンのリッカを見る視線が冷ややかな物になった。

リッカは身に覚えがあるのか、バツが悪そうに俯《うつむ》く。

僕はたたみかけるように言う。

「しかも最終的に僕のお金がなくなると、『お金がないのなら、もう黙っている訳にはいかないよね～』とか言って、結局チクったしな？」

「リッカ、お前って奴は……」

「リッカさん、最低ですね」

「あの、その、リッカさんも悪気があった訳では……」

ガイアンとシオンの言葉を、グロリアが懸命《けんめい》にフォローする。

すると、リッカは俯きながら言う。

「いや、あの時は本当にお金が必要だったから……」

「まぁ、あの時のことは済んだ話なので別にいい」

「ほっ……」

僕がそう言うと、リッカは一瞬顔を上げた。

「まぁ、あの後、僕はかー祖母ちゃんに実験台にされて、何度か殺されたけどね」

ガイアンとシオンのリッカを見る視線が、さらに冷たい物になった。

「あぅ……」

リッカはすぐに再び俯く。

ここまで来ればあと一歩だ。

「という訳で、過去の出来事を踏《ふ》まえて先手を打つことにしたんだ。僕の全財産を受け取ってくれ！」

「いや、こんな状況で受け取れる訳ないでしょ！」

「よし！　お金はいらないんだな！　これを受け取らないってことは、話を聞いた後でもお金をねだるようなことはしないいな？」

「しないわよ！」

「絶対だぞ！」

「絶対よ！」

よし、言質《げんち》が取れた。

これで、なんとかリッカにも話すことが出来そうだ。

ここまでする必要があるのかと少し思うが、相手はあのリッカだ。

注意してもしすぎということはない。

僕は改めて、皆を見つめる。

「話したいのは、僕の呪いについてなんだ」

「リュカさんの呪いですか？　たしかそれって、リュカさんに生まれながらに宿っているというものですよね。聖女だったトリシャ様でも解呪出来なかったという……」

グロリアの言葉に頷いて、僕は続ける。

「うん。その呪いの正体が分かったんだ。正体を知れば、母さんでも解呪出来なかった理由が分かったよ」

すると、ガイアンとシオンが待ちくたびれたように言う。

「なんだよ。やけに引っ張るな。いい加減話してくれ！」

「そうですね、ボクも知りたいです！」

僕は咳払《せきばら》いをした後に、皆に真剣な目付きを向けて最終確認をした。

「リッカからの言質は取れたけど、他の三人からは確認が取れていなかった。改めて聞くけど、絶対に秘密にしてくれるよね？」

「当たり前だろ。この世から消されるなんて物騒な話を聞かされたらな！」

「はい、ボクも絶対に秘密にします！」

「私も、誰にも話しません」

三人の言葉を聞いて、僕は頷く。

そして、大きく息を吸った。

「なら話すよ。僕に宿る呪いの正体は……魔王サズンデスだ！」

「「「…………は⁉」」」

四人は物の見事に固まってしまった。

まぁ、普通はこんな話をされたらこういう反応になるだろう。

「僕の呪いの正体が分かった所で、話を進めるよ」

「ちょっと待て！　シレっと話を進めるな！」

「ガイアン、声が大きい」

「あ、すまん……って、そんなこと言ってる場合じゃないだろ⁉」

「そうですよ！　魔王サズンデスなんて聞かされたら……」

僕の言葉に、ガイアンとシオンは驚いた様子だった。

リッカは驚いたような表情を浮かべつつも、納得したように言う。

「……なるほどね、リュカ兄ぃが家族に知られたらこの世から消されるって言った意味が分かったわ！　確かにこんな話を皆が聞いたらどう思うか……」

やはり、リッカも同じことを思ったらしい。

うん、やっぱり家族には絶対言っちゃいけないな。

今度はグロリアが言う。

「それで、呪いの正体が魔王サズンデスというのには、どのような根拠《こんきょ》があるのですか？」

「えっとね、村を襲ったという黒い球体の魔物、黒天球に触れた時、僕の中に眠るダークが目を覚まして、教えてくれたんだよ」

「ダーク？」

「あ、僕の中に眠るサズンデスのことだよ。最初、正体が分からない時にダークって名付けてね。今もそのままダークって呼んでるんだ」

僕がそう言うと、グロリアは頷いた。

今度はガイアンが尋ねてくる。

「呼び名については分かった。それでダークというのが魔王サズンデスだと、どうやって知ったんだ？」

「村を襲った魔物達は、サズンデスの作り上げた合成獣だったんだよ。で、ダークは村の誰も正体を知らなかった魔物達の名前を知っていたんだ。それで、アトランティカがダークの正体がサズンデスだと気付いたんだよ」

皆の視線が僕の腰に差さった魔剣アトランティカへ向かう。

「……なるほど。英雄ダンと共に魔王サズンデスと戦った魔剣アトランティカなら、確かに呪いの正体に気付いてもおかしくないか……」

皆はやはり驚いていたようだが、納得は出来た様子だった。

その様子を見て、僕は纏めるために口を開く。

「まぁそんな訳で、僕の中に宿る呪いはサズンデスだったんだ。それでサズンデスが黒天球を取り込んだ時の副作用で、僕の髪と体は変化したって訳」

「あっ、そっか、その髪の色の話をしていたんだよね」

リッカを始め、皆何の話をしていたか、すっかり忘れていたようだ。

「はぁ……とんでもない話を聞かされてきたが、これで終わりか？」

「カナイ村が壊滅したことに加えて、リュカさんに宿る呪いの正体が魔王サズンデスだったなんて、驚きの連続でしたよ」

シオンとガイアンの言葉を聞いて、僕はさらに一つ、皆に伝えないといけない話があったのを思い出した。

「あ、そういえばもう一つあった！」

「な、なんだ、まだ話があるのかよ。これ以上の驚きはごめんだぞ！」

慌てるガイアンを横目に、僕は続ける。

「ガイアン、リッカ、以前、魔法学園を出発してしばらくしてから、ゴーダっていう男が絡んで来たのを覚えてる？」

「ゴーダ……？　そういえば、そんなのが絡んで来たな！」

「確かリュカ兄ぃがキレて、闇魔法の［奈落《ならく》］で球体に閉じ込めて、最終的に川に流した奴だよね？」

「うん、そいつで合ってるよ。それでそのゴーダが少し前、僕にもう一回絡んできたんだ」

シオンとグロリアはよく分からなさそうにしているが、少し我慢してもらおう。

僕は続ける。

「それで、そのゴーダって奴はネグドディザスターという魔剣を持っていたんだ。ネグドディザスターは魂を操る能力を持っていて。僕の体の近くに漂っていたザッシュの魂を、ゴーダの魂と入れ替えてしまったんだ」

ザッシュ、という名前を聞いて、今度はシオンも驚愕したような表情を浮かべた。

まぁ無理もない。シオンはザッシュの元パーティメンバーだからね。

ガイアンとシオンは顔を青ざめさせながら尋ねてくる。

「ま、まさか……？」

「魂の入れ替えって、どういうことなんですか？」

「つまり、ザッシュが復活した。とはいえ復活した直後は体の調子が悪いって言って、すぐに姿を消してしまったけどね」

僕に言われ、シオン、リッカ、ガイアンの三人は目を見開いた。

しかし、やはりグロリアだけはいまいち状況が分かっていないようで、小さく首を傾げる。

「あの、ザッシュさんというのは……？」

「僕が元々いたパーティのリーダーで、僕を追放した男だよ。凄く残忍《ざんにん》な奴で、僕を恨《うら》んでる」

ザッシュと僕の関係が悪いと分かり、グロリアは心配そうな表情を浮かべた。

ガイアンは言う。

「つまり、今後、ザッシュが仕掛けて来る可能性があるということか？」

「うん。ザッシュは、『力を付けたら今度こそ復讐してやる』みたいなことを言って、すぐにいなくなってしまったね」

ザッシュの性格はよく知っている。

奴はいつか必ず僕らに襲いかかって来るだろう。

「ザッシュか……あまり会いたくないな……」

リッカは不安そうにそう呟いた。

彼女は以前ザッシュに大怪我をさせられているから、そう思う気持ちも分かる。

すると、ガイアンとシオンがシオンを気遣ったのか、明るい口調で言う。

「全く……今日だけでとんでもない話を聞き過ぎだぜ。だがまぁ、ザッシュのことは任せろ。出会ったら俺がなんとかしてやる。アイツとは古い仲だしな」

「僕も頑張りますよ！　ザッシュにやられた、僕のパーティメンバーの敵討ちもしたいですね！」

その言葉を聞いて、リッカはなんとか笑みを浮かべたのだった。


僕とカナイ村の説明を終えた後、僕は皆を連れてカナイ村へと転移した。

中心の広場への転移を終えると、リッカとガイアンとシオンは周囲を見て驚いた表情を浮かべる。

事前にカナイ村の話はしていたし、復興もだいぶ進んだとはいえ、この反応は当然だろう。

しかし、ガイアンとシオンはすぐに切り替えて言う。

「よし、俺は資材を運ぶのを手伝うぜ！」

「ボクはガレキの撤去《てっきょ》を手伝って来ます」

そうして二人が移動した直後、今度はリッカが『家族の皆に会ってくる』と言って走りだした。

あっと言う間に、僕とグロリアだけが残される。

「ここが……カナイ村……」

グロリアは周囲を見回しながら、感慨深《かんがいぶか》そうに言った。

「そっか。グロリアはここに来るの初めてだったね」

「はい。でも憧《あこが》れのクリアベール様が作った村だと言う話は聞いていますし、来られてよかったです」

そうか、グロリアもグランマと同じ創造魔法の使い手だから、グランマを知っているのか。

創造魔法は使い手が凄く少ないし、グロリアが尊敬するのも分かる。

「では、私も復興のお手伝いをしてこようと思います」

「あっ、待って！　折角だし、グロリアに会わせたい人がいるんだ」

丁度グランマがカナイ村に来ているし、会わせてあげよう。

僕はそう思い、索敵魔法を展開し、グランマの居場所を見つける。

そしてグロリアをグランマの元へ連れて行った。

グロリアは最初、憧れの人物にあって緊張という様子だった。

しかし、グランマは優しく微笑み掛けて話し掛けていくと、グロリアの緊張も徐々に解けていくようだった。

話も盛り上がっているし、二人きりにしてあげようか。

僕はそう思い、二人を置いて村の広場へと戻るのだった。

僕が広場に戻ると、復興に取り組んでいた魔法学園のピエール学園長が声を掛けて来た。

「リュカ君、少しいいかな？　少し頼み事をしたくて……」

「何かあったんですか？」

「少し前に魔法学園の職員からメッセージが届いた。なんでも少し間に、一部の生徒達が学園に結界を張り、その中に閉じこもるという事件が発生したらしくてね」

あんな広い学園に結界を張って閉じこもる？　そんなことが可能なのか？

しかもそれを行っているのが教員では無く生徒達って……？

僕が不思議に思っていると、ピエール学園長は言う。

「そこで、魔法学園へ調査に向かいたいのだが、ここからでは遠いだろう。よければ、転移魔法で送ってくれないかい？」

「もちろん大丈夫です。というより、僕も調査に協力させてください。また魔王の配下が悪さしているかもしれませんし、放っておけません」

カナイ村の人手も増えたし、僕一人抜けたって復興は困らないだろう。

僕がそう言うと、ピエール学園長は頭を下げる。

「そうか……本音を言うと助かるよ」

「いえいえ。それで、いつ向かいますか？」

「明日のお昼でどうかな。なるべく早く行きたいんだ」

「分かりました」

その後、僕は待ち合わせ場所を決め、ピエール学園長と別れた。

第三話　占拠《せんきょ》された魔法学園（何か良からぬ陰謀《いんぼう》が？）

翌日の昼、約束通り、僕は魔法学園に向かうことになった。

同行メンバーはピエール学園長に加え、シンシア、クララ、ナガネ、そして魔猟祭に参加していた魔法学園の教師、ウィズとチエの七人だ。

本当は僕とピエール学園長の二人で行く予定だったのだが、皆学園の様子が気になるということで、このメンバーで行くことになった。

ちなみにウィズとチエは、僕の元パーティメンバーでもある。

皆が僕の体に手を触れたのを見て、僕は転移魔法を発動する。

すると、一瞬で、魔法学園の正門前まで転移した。

「あれ？　敷地内に転移したつもりだったんだけどな」

どうやら結界のせいで、転移の座標《ざひょう》がずらされてしまったらしい。

僕は正門から魔法学園を眺める。

事前に話を聞いていた通り、学園全体が、巨大かつ強固な結界に覆われていた。

結界の周囲には、魔法学園の教師と生徒が多く集まっている。

するとと、教師の一人が僕らを見つけ、駆け寄って来た。

「学園長！　来てくださったのですね！」

「遅れてすまん。それで。一体だれがこんなことを？」

「古代魔法研究会のマリウスを筆頭とした、生徒七名が今回の主犯です」

「何？　たった七名で、これほどまでに強固な結界を張ったというのか⁉」

僕は横で話を聞きながら、首を傾げる。

「マリウス？　聞き覚えはあるんだけど……どこで聞いたんだっけ？」

記憶を辿ってくると、アトランティカが話し掛けてくる。

《ルークシュアンの街で出会った、ルークス子爵《ししゃく》の息子の名がマリウスだ。魔法学園に通っている生徒で、怪しげな本に触れた途端に性格が変わったという話だったな》

あ〜〜〜、そんな話、聞いたね。

アトランティカに言われ、僕はマリウスのことを思い出した。

「そうなると、その怪しげな本というのを使って、これだけの結界を張ったのかな」

魔力が宿った本――魔書は、術者の魔法の発動を助けてくれる。

でも、いくらなんでもただの生徒がここまでの結界を張れるのだろうか。

《もしかするとその生徒が持っているのは、古《いにしえ》の時代に悪神ルキシフェルが作り出した、膨大な魔力のこもった魔書かも知れないな》

「へぇ、そんな本があるんだ？」

《あぁ。悪神ルキシフェルが封印された後に、ほとんどの魔書は回収されたはずだが、魔法学園にはまだ残っていたのかも知れん》

悪神ルキシフェルは、千年以上前に存在していた神のはず。

そんな時代に作った本がまだこの世に残っているなんて、よっぽど強力な魔力が宿っていないとあり得ないだろう。

「まぁとりあえず、中に入らないことには始まらないか」

僕の独り言に反応して、ピエール学園長が言う。

「リュカ君、そうは言ってもこれ程の結界を壊すのは容易ではないぞ」

確かに、教師や生徒達が結界に魔法を放っているみたいだが、全て吸収されてしまっている。

すると、僕が答えるより先に、ウィズが言う。

「複合統一魔法を試してみるのはどうでしょうか？」

「そうか、その手があったか！」

その言葉を聞いたピエール学園長はすぐに詠唱を始めた。

ピエール学園長は、炎魔法と氷魔法を掛け合わせた複合統一魔法［ブレイズエグゼキューショナー］を放った。

しかし、それですら結界に吸収されてしまう。

「な……何故だ。威力が足りないのか？」

結界の反応を見て、僕は言う。

「いえ。今の吸収のされ方から言って、組み合わせた属性が問題だと思います。この結界は炎や水などの自然系の属性に強い上に――」

「……となると、私の得意な光属性が有効になるという訳だな！」

そう言って、チエとウィズは意気揚々と僕の前に現れ、同時に詠唱を始めた。

ちょっと、説明がまだなんだけど……まぁいいか。

僕は言葉を止め、二人の詠唱を聞く。

……なるほど、ユニゾンレイドを使うつもりか。

複合統一魔法は一人で二つの魔法を同時に発動し、掛け合わせるが、ユニゾンレイドは二人で二つの魔法を掛け合わせる。

複数人でやらなければいけないというデメリットがあるが、その分、複合統一魔法よりも発動難易度は低い。

準備が終わったようで、ウィズとチエが叫ぶ。

「「ユニゾンレイド・[聖なる光槍]！」」

巨大な光の槍が現れ、結界に向かっていく。

でも、これも結界に吸収された。

「「そ、そんな……！」」

ウィズとチエは肩を落とし落ち込む。

全く……最後まで人の話を聞かないで先走るからだよ。

それにさっきのユニゾンレイド、二つの魔法が完璧に融合していなかった。

威力は本来の[聖なる光槍]よりもだいぶ低かったはず。

まぁ、ユニゾンレイドが出来るようになった時点で、カナイ村で修業した成果は出ているんだろうけど。

すると、ピエール学園長が焦ったように言う。

「リュカ君。どうしたら良い？　カーディナル様にこのことをご相談するしかないか？」

「じゃあ——」

僕が返事をしようとすると、今度は結界の中から笑い声が聞こえて来た。

校舎から七人の男女が横並びにやってきて、結界ごしに僕らを見つめる。

「先程から無駄なことをしているようだな、この無能な教師ども！　この結界はお前らのような無能では傷を付けることすら出来ないぞ」

彼らはそれぞれ、妖《あや》しい気を放つ本を持っていた。

話が再び遮《さえぎ》られたことに若干イラつきつつ、僕は前に出る。

「確かに普通の魔法では、この結界は破るのは難しそうだね」

「ふっ、その通り！　いかなる魔法であっても、この結界を破壊することは――」

「じゃあ、普通の魔法じゃなければどうかな？」

僕はそう言って、皆に結界から下がるように命じた。

そして僕は右手で光属性の魔法、左手で闇属性を発動する。

周囲に魔力の風が吹き荒れた。

ピエール学園長と、結界の向こうにいた生徒が驚いたように言う。

「ちょ、ちょっと待ってくれ！　リュカ君は一体何をする気なんだ⁉」

「まさか、光と闇の複合統一魔法でも放つつもりか⁉」

「そうだよ。この結界は自然系以外の二つの属性を掛け合わせないと壊せないいんだろう？」

僕はそう言って、さらに魔法の出力を高める。

この属性の複合統一魔法は、僕の尊敬する英雄ダンですらなし得なかった。

だが、闇の魔力を吸収した今の僕なら出来る。

「じゃあ、行くよ！　聖魔複合統一魔法……［カオスブリンガー］!!」

僕の頭上に紫色の巨大な剣が出現した。

僕はそれを、結界に向けて生徒を巻き込まない角度で放つ。

すると巨大な剣は結界を貫き、その全てを破壊したのだった。

「な、なんてでたらめな魔法を放つんだ……」

七人組の真ん中にいた奴がそう漏らした。

「これで結界は完全に無くなったね。これだけの大掛かりな結界をすぐにもう一度張るのは無理だろう。大人しく投降《とうこう》すれば……と、これ以上はピエール学園長が決めることか」

僕がそう言ったのと同時に、ピエール学園長は教師達と共に走り出した。

あの七人を拘束するつもりだろう。

しかし、絶対的に不利な状況であるにもかかわらず、彼らは不敵な笑みを浮かべていた。

彼らが本を前に構えると、衝撃波《しょうげきは》が発生する。

教師達はそれに吹き飛ばされ、僕の後ろにまで後退した。

「なんだ、今の衝撃波は？」

身を起こしたピエール学園長の言葉に、真ん中にいた男が言う。

「ふっ、この本には、魔神王《まじんおう》様が封印されているのだ！　そして我ら七人はこの本に導かれて集まった同志である！　魔神王様の封印を我らの魔力によって解き放ち、この学園を支配するのだ！」

なんというか、随分と痛い集団だな。

まるで、演劇の役に入りこんでいるみたいだ。

まぁ、彼らよく分からない力を持っているのは確かなみたいだけどね。

僕がそう思っていると、彼らは自身の手に持つ本に魔力を注ぎ始める。

すると、七冊の本は大きく開き、空中に浮かび上がった。

それと同時に、本を持っていた生徒達は気を失い、その場に倒れる。

そしてそれぞれの本の中から、頭、胴体、右腕、左腕、右足、左足、尻尾といった体のパーツが現れる。

七つのパーツは合体し、十メートル程の大きさの、巨大な人型の怪物が完成した。

怪物が地面に降り立つと、周囲に巨大な振動が広がる。

すると、いつも間にか近くに来ていたナガネとシンシアが言う。

「な、なんだ……この大きさは!?」

「これが魔神王というものなの!?」

『ふぅ～久々のシャバだぜ！　いや～～～長かった長かった！』

魔神王はそう言うと、僕達の方を見ながら、下卑《げび》た笑みを浮かべる。

『なんだなんだ、こんなにもご馳走《ちそう》が群《むら》がっているではないか！　まずは腹ごしらえをするか!!』

「そんなことはさせないぞ！　それよりもお前は一体何者なんだ!?」

起き上がっていたピエール学園長は勇ましい声で尋ねた。

下半身が震えているように見えるが、黙っておこう。

『余か？　余は魔神王、ガルキサスヴェルド様だ！』

「くっ、なんという迫力だ!!」

ピエール学園長は恐怖を滲ませた声で言う。

うーん、僕にはこのガルキサスヴェルドとかいう奴が強いとは思えないんだけどなぁ。

皆は見た目に騙されて気付いていないみたいだけど、コイツが持っている魔力の量はそこまで多くない。

それに自分に様付けする奴というのは、昔から雑魚《ざこ》だと相場が決まっている。

なんというか、コイツは魔剣を手にする前のザッシュに雰囲気が似ているのだ。

「ねぇ、アトランティカ……コイツ知ってる？」

《いや、全く知らん！》

「じゃあダークは？」

念の為にダークを起こして尋ねてみる。

〔魔神王ガルキサスヴェルド……知らんな。魔神王という奴は確かに魔界に存在したが、ガルキサスヴェルドなんていう名前ではなかった〕

「……ということは、魔神王っていうのは、嘘を言っているだけ？」

〔だろうな。そもそもこの程度の実力の奴が、魔神王であるはずがない。お前はコイツに恐怖を感じるか？〕

「いや、全然！」

〔そうだろう？　貴様が過去に戦った魔王デスゲイザーと比べれば、その実力は足元にも及ばないだろうな！〕

やっぱりそうなんだ！

デスゲイザーやカトゥサに比べたら、コイツからはちっとも強さや凄みを感じられない。

よし、ちょっと確かめてみるか！

僕は地面から手のひらサイズの石を拾い上げてから、その石に魔力を込めてガルキサスヴェルドの脛《すね》を目掛けて思いっ切り投げてみた。

『ギャァァァァァア!!』

石が命中した瞬間、ガルキサスヴェルドが凄まじい叫び声を上げながら、脛を押さえて地面を転がり回った。

おいおい、魔力を込めたとはいえ、僕が投げたのはただの石だぞ。

この程度の攻撃であんなに痛がるなんて……やっぱりガタイだけ凄くて実力は大したことはないんだな。

皆もガルキサスヴェルドが痛がる様子を見て、ポカンとした様子を浮かべている。

僕がガルキサスヴェルドを呆れながら見ていると、やっと痛みが引いたのか、ガルキサスヴェルドは立ち上がって言う。

『今攻撃をしやがったのは、どこの誰だ!!』

「僕だけど、こんな攻撃で痛がるなんて、魔神王ってのはハッタリか?」

『ふざけよって……貴様、余のことを侮辱《ぶじょく》したな!!』

ガルキサスヴェルドは僕に向けて殺気を放って来た。

……が、ヌルすぎてほとんど何も感じない。

とー祖父ちゃんの［剣聖覇気《けんせいはき》］の方が断然強いな。

『どうだ、一歩も動くことが出来まい！　余を侮辱するからこういう目にあうのだ!!』

僕が呆れて動かなかったのを見て、ガルキサスヴェルドは僕が恐怖で動けないと勘違いをしているみたいだった。

ガルキサスヴェルドは指をゴキゴキと鳴らしながら僕の方に近付いて来る。

『グッヘッヘ……余を怒らせたことを後悔してあの世に旅立て――』

あまりにも隙だらけだったので、僕は魔剣アトランティカの峰《みね》で、ガルキサスヴェルドの両脛を乱れ打ちした。

すると、ガルキサスヴェルドは声にならない声を上げながら、両脛を摩り地面を転がり回る。

「不用意に近付いて来るからだよ、あれだけ隙だらけならいつでも攻撃してと言っているようなものじゃないか！」

『貴様は余の気を受けて動けなかったのではなかったのか⁉』

ガルキサスヴェルドは目に涙を浮かべながら僕を見る。

「あの程度のヌルい気で？　冗談はやめてくれよ……」

僕がそう言うと、ガルキサスヴェルドは悔しそうにしながら地面を殴っていた。

さっきから分かっていたけど、コイツ絶対弱いな。

とはいえ、じゃあなんでこんな奴が封印されていたんだろう？

当時の人達は、この程度の奴ですら倒せなかったのかな？

『小僧……あまり調子に乗るなよ！　余には魔神王という異名以外に、不死王という――』

「あぁ、だからバラバラにされて本に封印されていたのか！」

確かに不死身の相手には封印が効果的だ。

『話を遮るな！　最後まで言わせろ！』

ガルキサスヴェルドは文句を言ってきているが、無視して僕は言う。

「ねぇ、ダーク。コイツは不死身みたいなんだけど、コイツの魂とかいる？」

〔いらん！　この程度の小物と比べたら、まだお前の村に出現する魔物の方が腹の足しになりそうだからな！〕

「だけど、このガルキサスヴェルドって奴は不死身らしいよ？」

〔それも嘘だろうな。今のお前が全力を出せば、この程度の相手、跡形《あとかた》もなく消し飛ばすことが出来るだろうよ〕

すると、アトランティカも言う。

《もし不安なら覚醒を使って一気に葬り去れば良いだろう。まぁ、今の相棒なら、わざわざ覚醒を使う必要もなさそうだがな》

覚醒とは、聖剣や魔剣の力を身にまとい、自身を爆発的に強化する技だ。

武器と心を通い合わせて初めて使うことが出来るようになる、大技である。

「この姿になってから、まだ覚醒を使ったことはないんだよね。どうしようっか……」

『何をごちゃごちゃと話している!!』

そう言って、ガルキサスヴェルドは迫ってくる。

よし、折角だし試してみるか。

「いつまでもお前に時間を割くのもどうかと思ってね。他にも用事があるし……一気に決めさせてもらうよ！」

『はっ、大きく出たな！　不死身の余にそんな口を叩く人間を初めて見たぞ』

「ハッタリだと思っているんだ？　なら見せてあげるよ……」

僕は魔力を一気に解放した。

僕の体から発する魔力は天高く舞い上がり……空に浮かぶ雲を貫いた。

周囲に晴れ間が広がる。

『な、なんだ……何をした⁉　なんだその姿は⁉』

「覚醒だよ。これが僕の真の姿だ」

『覚醒だと⁉　なんだ、貴様の放っている気は⁉　貴様は本当に人間か』

「失礼だなぁ。人間だよ」

とはいえ、覚醒したらここまで強くなるとは思わなかった。

魔力がただ増えただけじゃなく、全身から覇気が溢れてくるのが分かる。

『くそ！　こんな奴の相手をしてられるか！』

ガルキサスヴェルドは周囲を見渡すと、周囲にいた魔法学園の生徒に手を伸ばした。

おいおい。盾にしようと思っているのか。

やり口が本当に姑息《こそく》だな。小物感しかないぞ。

『コイツらを人質にすれば、貴様も手出しが――』

「させると思う？」

僕は一瞬でガルキサスヴェルドの尻尾を掴むと、思い切り上空に投げ飛ばした。

そして、先程ピエール学園長が放ったのと同じ、炎と氷の複合統一魔法、［ブレイズエグゼキューショナー］を発動した。

僕の両手に凄まじい程の炎と氷が出現する。

僕はそれをかけ合わせると、ガルキサスヴェルドに向けて放つ。

それを喰らったガルキサスヴェルドは一瞬のうちに消滅したのだった。

「これはヤバいな、威力が有り過ぎる……覚醒はなるべく控えておいた方が良いかな」

僕は空中を眺めながら、そう呟く。

こうして、魔法学園の占拠事件は幕を閉じたのだった。

その後、ガルキサスヴェルドを召喚した者達に近づいて様子を見てみると、完全に魔力が枯渇し

ていた。

これは当分の間は目を覚ますことはないだろう。

その間に拘束も済むだろうし、心配なさそうだ。

今度は彼らの近くに落ちていた、ガルキサスヴェルドが封印されていた七つの本を見る。

七つの本の題名はそれぞれ、「憤怒《ふんど》」「傲慢《ごうまん》」「強欲《ごうよく》」「色欲《しきよく》」「怠惰《たいだ》」「暴食《ぼうしょく》」「嫉妬《しっと》」だった。

「これって、七つの死に至る罪の名前だよね？」

《あぁ、それがこの本のタイトルになっていたみたいだな。しかし……憤怒や傲慢などは分かるが、アイツのどこに色欲の要素があったんだ？》

「さぁ？　本のタイトルと封印されていた奴は関係ないんじゃない？」

僕は適当にそう言うと、七冊の本を纏めてピエール学園長に渡した。

そして言う。

「さてと、それじゃあ僕はカナイ村に帰ります！　ピエール学園長は色々と今回の事件の処理もあると思いますし、ここに残りますよね？」

「えっ、あ、それは……」

僕の言葉を聞いて、ピエール学園長は申し訳なさそうな表情を浮かべた。

やはり、カナイ村の状況が気になっているんだろう。

僕は気を遣わせまいと、言葉を続ける。

「ここまで手伝ってくれたんですし、もう大丈夫ですよ。皆の意識も戻りましたし、後は村の皆に任せてください！」

「……リュカ君、ありがとう。本当に世話になったね、お師匠様にもよろしくと伝えて欲しい」

「分かりました。また何かありましたらいつでも連絡をください。あと、ウィズとチエのこともよろしくお願いしますね」

僕がそう言うと、ピエール学園長は深く頭を下げた。

その様子を見た僕は今度、ナガネやシンシア、クララの元へ行く。

そして、三人に向けて言う。

「皆、今日までありがとう。皆のお陰でカナイ村に帰ってくることが出来たよ。それに復興まで手伝ってくれて本当に感謝してる。でもこれ以上は皆の家族も心配するだろうし、転移魔法で家まで送るよ」

僕がそう言うと、三人は寂しそうな表情を浮かべた。

しかし、いつかはこう言われると思っていたのか、反論されることはなかった。

ナガネは言う。

「親友の今日の戦いを見て、自分はまだまだ親友の隣にいるには力不足だと痛感したよ。でもこの魔法学園を卒業するまでには、親友の隣にいられるような力を身に付けてみせる。待っていてくれ」

「いやいや、別にそこまで強くなる必要はないんじゃないか？　ネギは卒業したら実家を継いで農業をやるんだろうしさ」

そう言って僕らは笑い合い、握手した。

続いて、シンシアが言う。

「リュカ君、私もクララも魔法学園を卒業したら、リュカ君のパーティに参加させてくれるんだよね？」

「うん。そういう約束だったからね。頑張って学んでね」

「えへへ、約束だよ！」

最後にクララが僕の近くに来て言う。

「それじゃあ、最後にリュカ君にお願いが……」

「そのニヤニヤした顔を見れば分かるよ。小さくなれって言うんだろ!?　絶対に嫌だ」

カナイ村にいる時に、メイク魔法を使えば子供の姿にもなれることは、この二人にも伝えている。

だからといって、本当に隙がないな！

そんな風なやり取りをしながら、僕らは笑い合った。

その後、僕は三人を転移魔法でそれぞれの実家に送り届けたのだった。

第四話　修業（最初は順調だったのですが……）

ナガネ、シンシア、クララの三人を送り届けた三日後、僕はとーし祖母ちゃんの部屋に報告に訪れていた。

とーし祖母ちゃんも魔法学園でトラブルが起きていたことは聞いていたらしく、状況が気になったらしい。

とはいえ、とーし祖母ちゃんは復興の手伝いに忙しい。

それがようやく落ち着いた今日になって、報告に来ることが出来たという訳だ。

「──という訳で、大罪の名前を冠《かん》した魔書の中に、不死身の魔神王が封印されていたんだ。いや、魔神王ってのは自称《じしょう》だけど……」

僕の説明を聞き、とーし祖母ちゃんは言う。

「ほぉ、そんなことがあったのかい。まぁ魔物や魔獣が封じられている書物はこの家にもあるし、そんなトラブルもあり得るかね」

「えっ、そうなの？」

「禁書庫《きんしょこ》の中に何冊か眠っていたはずだよ。私達が現役の時に、厄介な魔物を何体か本に封印したのさ」

禁書庫とは、とー祖母ちゃんの部屋の奥にある、極めて珍しい書物がしまわれた部屋だ。

ちなみに僕は体の中の呪いが反応するかも知れないという理由で、今まで一度も中に入ったことはない。

すると、とー祖母ちゃんが言う。

「そうだ！　最近魔書に封じられている魔物が騒いでいてね。こういう時は一度魔物を外に出して、弱らせないといけないんだ。これまでは私やカーディナルが適当に倒して大人しくさせていたんだけど、そろそろリュカに任せてもいいかも知れないさね」

「はい？」

「呪いも最近は大したこそなさそうだし。いいだろ」

おいおい、とー祖母ちゃんが管理している本に封じられてる魔物って、絶対にロクな奴がいないでしょ。

そんなものの対処なんて面倒この上ない。

なんとか逃れなくては……あ！　そうだ！

「それはガイアンとシオンに任せてみたら？　あの二人は最近、復興の手伝いを終えた後、修業に励んでいるらしいよ。今の力量を確かめる意味もかねてさ！」

「あの二人にか……いい考えさね！」

よし、これで回避出来た！

それに、今言った言葉は嘘ではない。

シオンもガイアンも、復興の作業を手伝ったあとは、僕の家族やキッドさんに頼んで修業をつけてもらっているのだ。

おそらくだけど、二人はザッシュと再び相対する時のために、レベルアップに励んでいるのだろう。

修業になると言えば、ガイアンとシオンに丸投げ……ゴホンゲフン、喜んで手伝ってもらえるはずだ。

「それじゃあ僕は、ガイアンとシオンを呼んでくるよ！」

「ならば私は、何冊か本を用意しておくさね」

その言葉を横目に、僕は急いで部屋を後にする。

と一祖母ちゃんの気が変わらないうちに、早く連れてこなくちゃね。

◇　◇　◇　◇

一週間が過ぎた。

僕は眠りから覚め、ベッドから起き上がる。

時計を見ると、もう昼近くになっていることに気付く。

うーん、ここ最近は実家でもぐっすり眠れていいなぁ。

僕は普段、実家で眠る時は、こんなに遅くまで眠ることが出来ない。

普段は、大体誰かしらにヤバすぎる方法で起こされるからだ。

僕は家族から受けた行いを思い返す。

とー祖父ちゃんは以前、寝ている僕に木刀《ぼくとう》を振り下ろしてきたことがあった。

なんでも木刀で人が切れるかという実験がしたかったらしい。

あの時はギリギリでかわしたけど、ベッドが真っ二つになっていて、本当に木刀で物が切れるということを初めて知った。

とー祖母ちゃんには『洗顔を手伝ってやる』とか言って、寝ている頭を水魔法で覆われたことがあった。

確かそれであの日は溺死《できし》したんだよな。

かー祖父ちゃんにはお得意の全力蹴りをされた。

あれを食らった時は壁ごと貫通して外に吹っ飛んだんだよなぁ。

あっ、あとは音痴すぎる歌声を念話で頭に叩き込まれたことがあったな。

かー祖母ちゃんには、部屋の中に手榴弾を投げ込まれたたっけ。

あの時は火薬の量が多くて、全身丸焦げになったんだよね。

母さんは機嫌がいい時は普通に声を掛けて起こしてくれるけど、機嫌が悪い時は、ハグという名目の鯖折《さばお》りをされた記憶がある。

あれで確か、内臓が潰れたんだよな。

唯一父さんだけは何もしてこないけど、それは単純に父さんが僕より早く起きるということがまずないからだ。

……冷静になって考えると、流石に酷すぎない？

いつもそんな感じだから、復興で家族が忙しくしている時くらい、昼まで眠るのは仕方ないよね。

「……でもカナイ村の復興はほとんど終わったから、そろそろ平和な日々も終わっちゃうんだろうなぁ……」

僕は思わず呟いた。

人手が増えたことと、母さん達の魔力が完全に戻ったため、復興は加速度的に早く進み、もうカナイ村はほとんどいつもの姿になっていた。

それはもちろん嬉しいのだが、この平穏な朝がなくなるのは少し複雑な気分だ。

そんなことを思いながら、僕は部屋に備え付けられた姿見《すがたみ》の前に移動する。

姿見には、今も変わらず成長した肉体が映っている。

男らしくなった顔立ちに、逞《たくま》しい肉体、高い身長。今までは女に近い容姿だと何度も馬鹿にされ続けて来たけど、もうそんなことも遠い昔のように思える。

そして何より嬉しいのは、アレックス、キース、サイラスの幼馴染《おさななじみ》達の中で元々僕が一番身長が低かったのが、今ではキースとサイラスよりも大きくなっていることだ。

僕が鏡を見ながらニヤニヤしていると、いつの間にか背後に立っていたリッカが僕に言う。

「リュカ兄ぃ……鏡を見ながらニヤけるなんて、気持ち悪いよ。理想の姿を手に入れて嬉しいのは分かるけどさ……」

「リッカ、部屋に入るならノックくらいしてくれよ。何しに来たんだ？」

「ガイアンとシオンの魔書を使った修業が本格的に始まるらしいから呼びに来たの」

「あぁ、なるほどね」

ガイアンとシオンは一週間前から、修業を兼ねて定期的に魔書に封印された魔物と戦っているらしかった。

これまでは復興の空き時間でやっていただけだったのだが、今日から本格的にその修業が始まるとのこと。

僕は二人の様子が気になり、急いで着替える。

そして、部屋を出るのだった。


リビングに下りると、家にやって来たグロリアとグランマの姿を見つけた。

「グランマとグロリア、これから昼食？」

「そうですね。あと根を詰め過ぎても身にならないと思って、グロリアに夕方までの休息を与えようと思っていたのです」

そうだった。僕が二人を引き合わせたあと、グロリアはグランマに頼み込んで、復興の合間に創造魔法の修業をつけてもらっているんだっけ。

ガイアンとシオンに加えてグロリアまで、皆偉いなぁ。

そんなことを思いつつ、僕はグランマに尋ねる。

「グロリアの成長はどんな感じ？」

「破壊力のある武器や、巨大な防具を創造するのは素晴らしく上手いのだけど、細かい物を創造する能力は欠けていますね。だいぶスパルタでやって来たけど、合格を与えるのはまだまだ先になりそうです」

これは先が長そうだと、グロリアを見ながら同情した。

とはいえ、創造魔法は扱いがめちゃくちゃ難しい上、グランマは穏やかな雰囲気とは裏腹に修業は凄く厳しい。

それについていけているだけで、グロリアは凄いと思うけどね。

僕はグロリアに労《ねぎら》いの言葉を告げると、リッカと共に家を後にしたのだった。


村の庭に辿り着くと、キッドさんの姿が目に入る。

「あっ、キッドさん。観戦ですか」

「リュカとリッカか。そうだ」

キッドさんの視線の先には、少し離れた所で魔獣と戦うガイアンとシオンの姿があった。

その近くには背の高い机があり、その上には開かれた本が置かれている。

ガイアンが魔獣に強烈な一撃を食らわせると、魔獣は本に吸い込まれる。

そして、本が閉じた。

ああやって本の中に閉じ込められた魔獣にダメージを与え、本の中で暴れないようにするらしい。

「よっしゃ～！　五連勝だ～！」

「ガイアンさん、順調ですね！」

「それはシオンもだろ！」

そう言って、二人は笑い合う。

二人とも調子良さそうだ
すると、その様子を見ていたキッドさんが小声で言う。

「勝利の余韻《よいん》に浸《ひた》るのは良いが、それで気が抜けるのはマズいな」

その言葉に僕は頷く。

「そうですね、それにシオンもガイアンも甘いです。底意地の悪いとー祖母ちゃんが、初っ端から強敵を相手させる訳がない。最初に弱い敵を当てて気分良くさせて、最後に地の底に突き落とすというのがとー祖母ちゃんのやり方なのに」

僕が冗談っぽく言うと、背後からとー祖母ちゃんの声が聞こえる。

「そこまで言うなら、アンタにも意地の悪い修業をつけてやろうかね？」

慌てて振り返ると、ニヤニヤと笑みを浮かべるとー祖母ちゃんが立っていた。

「おい、リュカ、ばあさんの顔が不気味だぞ……」

「……まずいかもしれないですね」

僕とキッドさんが小声で話しているのを気にせず、とー祖母ちゃんは一冊の魔書を収納魔法で取り出した。

その本は、異様な魔力を放っている。

「えっと……とー祖母ちゃん。それは？」

「コイツはアトモスの魔書だよ」

「アトモスの……魔書？　アトモスっていう魔物が封印されているの？」

そんな名前の魔物は聞いたことがない。

僕の疑問にとー祖母ちゃんが答える。

「アトモスというのは魔物よりもさらに格上の魔神だよ。まぁ、ある意味では魔神とも言えないのかも知れないけど」

「どっちだよ！　っていうか、そんなのをこの場で放っても平気な訳？」

「アトモスの魔書は魔物を外に出すんじゃなく、中に入って倒す仕組みになっているのさね。本の中にはダンジョンが広がっているんだよ」

「へぇ、魔書にはそんなのもあるんだ……ということは、その中にガイアンとシオンを放り込むつもりなの？」

「そうさ。というか、アンタもこのダンジョンには入ったことがあるはずさね。コイツは呪いへ影響を及ぼさないって分かっているからね」

僕が入ったことがある？　いつのことだろう？

そもそも僕は魔書の類に近づいたこともほとんどないはずだけど……。

「とー祖母ちゃん、そんな記憶ないんだけど、アトモスのダンジョンってどんな所なの？」

「これを見れば思い出すさね？」

かー祖母ちゃんは、アトモスの魔書を何ページか捲《めく》り、僕に見せてくる。

すると、そこには妙な幾何学模様《きかがくもよう》が壁に掘られているダンジョンの絵が描かれていた。

「思い出したさね？」

「このダンジョンって……十四歳の時にアレックスとサイラスとキースと一緒に入ったダンジョンじゃないか！　四人で集まって談笑している時に突然暗くなって、気付いたらダンジョンの中に移動させられてたけど、本の中だったなんて！」

あの時のことは今でも覚えている。

僕ら四人はとあるモンスターに手も足も出ずに殺され、気が付くと、村の中で母さんに蘇生させられていた。

かなり辛い思い出だ。

「懐かしいだろ。もっと思い出させてやるからね」

「もしかしてガイアンとシオンを放り込んだら、僕も放り込もうとか考えてる？」

と一祖母ちゃんは無言のまま笑みを続けている。

ヤバい。この顔は本気だな。

何とか回避しないと……っあれ、リッカの奴、いないぞ⁉

くそ！　アイツ、身の危険を察知して、一人で逃げやがったな。

僕も早く逃げないと……。

僕がこの場から離れる方法を考えていると、隣にいたキッドさんが言う。

「ほう。ダンジョンとは面白そうだ。その本の中、俺も入ろう」

「キッドさん⁉　本気ですか⁉」

「あぁ、最近は実戦の機会が減っていたからな。丁度いい」

キッドさんにそう言われたら、僕だけ逃げ出す訳には行かない。

僕は腹をくくると、せめてガイアンとシオンにアドバイスがしたいと思い、と一祖母ちゃんに少し待ってくれるようお願いする。

そうして許可を得ると、僕はガイアンとシオンの元へ駆けだした。

「おぉ、どうした、リュカ？」

「何か用があるんですか？」

僕はとー祖母ちゃんが二人をダンジョンの中に入れようとしていることを伝えた。

すると、二人は緊張したような面持ちになる。

気にせず僕は続ける。

「えっとね、これから放り込まれるアトモスのダンジョンの中には、十四歳の頃の僕でも殺された相手がいるんだよ。なので恐らく、ガイアンとシオンはそこで人生初の死を経験することになると思う」

「な、なんだと!?」

「本当ですか!?」

ガイアンとシオンは目を見開きながらそう言った。

この反応も無理はない。

死ぬなんて言われたら、そりゃあ驚くだろう。

「い、いや待て、まだ殺されるかどうかなんて分からないだろ!?」

「その通りですよ！」

ガイアンとシオンはどこか縋《すが》るような声で言ったが、僕は首を横に振る。

「ガイアンはキングベヒーモスに勝てないと以前に言っていたよね？　でも十四歳の頃の僕は、キングベヒーモスは倒せていたよ。そんな僕が殺されたということは……」

「……マジかよ……」

「それにシオン。あのダンジョンの敵には弱体魔法があまり効かないんだ。シオンは覚醒しないと攻撃魔法が使えないだろう。でも覚醒は魔力を凄く消費するからすぐに魔力が切れてそのまま……」

僕の言葉を聞いて、シオンとガイアンは顔を真っ青にした。

「な……！　ボクは死ぬんですか」

「そんなの嫌だぞ！」

二人とも、中々にナイスなリアクションだ。

僕は励ますように言う。

「安心して。死ぬのは悪いことではないよ。一回死を経験すると、それからはそんなに死が怖くなくなるからね」

最初の死の間際は、暗い闇の底に落ちるような絶望感と、絶対零度にも似た寒さが体を襲って来る。

でも、それも死の回数を重ねれば、徐々に気にならなくなってくるんだ。

だが、二人は大慌てで怒鳴る！

「「安心なんか出来るか！」」

おぉ、シオンもため口だ。よっぽど怖がっているんだな。

なんだか楽しくなってきたぞ。

よし、もう少し死のことを教えてあげよう。

「ちなみに死んだ後は、沼みたいな暗い闇の底に体が埋まって行く感覚に襲われるんだけど、それが凄く気持ち良いんだ。でも天から光のような柱が降り注いだら、生きたいという意思を強く持つんだよ。それが蘇生魔法の合図だからね」

僕の説明にガイアンとシオンは先ほどまでの怒鳴り声から一転、不安そうな声をだす。

「意思を強く持つって言われてもな……死んでみないことにはなんとも……」

「ちなみに、あくまで仮に、ですけど、生きたいと思えなかったら……？」

「僕は試したことはないけど、本当に死ぬんじゃないかな」

「「…………」」

二人ともドン引きという様子だ。

まぁ、本当は母さんの蘇生魔法は強力だから、時間が立てば本人の意思にかかわらず蘇生出来るんだけどね。

シオンが泣きそうな顔になりながら言う。

「リュカさん、やっぱりボクは死にたくないです」

「いや、無理じゃないかな？　あそこでとー祖母ちゃんが笑みを浮かべながら、今か今かと話が終わるのを待ちわびている。僕らがダンジョンに入るのは確定事項だよ」

「そこを何とか回避する術《すべ》はないか……？」

ガイアンまで情けない顔で言ってきたので、僕は少し考えて、アイデアをだす。

「うーん、このまま逃げても捕まることは目に見えているからなぁ。まぁ、一縷《いちる》の望みにかけてとー祖母ちゃんを倒してから逃げるという手はなくはないかも」

「は？　カーディナル様と戦うってことか？」

「そうなるね。ただ、とー祖母ちゃんに殺意を向けた時点で、とー祖母ちゃんを自動で守る守護妖精《ガードフェアリー》から痛い目にあわせられるだろうから、戦えるかも分からないけど」

「それって……詰みってことか……？」

まぁ、詰みだと僕も思う。

それに仮に今逃げ出せたとしても、とー祖母ちゃんは根に持つタイプだからね。

相手が生きている限り、地の果てまでも追い掛けて復讐しにくるだろう。

すると、とー祖母ちゃんの声が遠くから聞こえる。

「リュカ、まだ話は終わらないさね？」

「もうちょっと待ってて！」

ヤバいな、とー祖母ちゃんが痺《しび》れを切らし始めている。

僕は改めてシオンとガイアンを見つめて言う。

「僕とキッドさんも同じダンジョンに入ることになるらしいから。可能だったら合流しよう。そうすれば何とかなる可能性は高い。とはいえスタート位置は人によって違うし、あそこはかなり広いから、二人は合流する前に殺されるだろうけど……」

僕の言葉を聞いて、シオンとガイアンは絶望的な表情を浮かべながらも、小さく頷く。

こうして僕らはとー祖母ちゃんの元へと向かうのだった。

「やっと来たかね……では、まずはガイアンとシオンを先に送るさね。このアトモスのダンジョンは、生きて帰れたら伝説級のアイテムを入手出来るから、気合を入れていくんだよ」

「「は、はい!!」」

とー祖母ちゃんなりの激励の言葉に、シオンとガイアンは半ばやけくそというような大きな声で返事をする。

その直後、とー祖母ちゃんの手の中にあったアトモスの魔書が眩い光を放つ。

光が収まると、シオンとガイアンの姿はなくなっていた。

とー祖母ちゃんは今度、僕とキッドさんを見て言う。

「それじゃあ、次は二人も行くよ」

そう言われ、僕とキッドさんは頷いた。

キッドさんは楽しそうに言う。

「ダンジョンか。中々楽しみだ」

「キッドさんが元々いた世界にダンジョンはなかったのですか?」

「そんなものはなかったな。それにこの世界に来てからも、ダンジョンには行ったことがない」

そんな話をしていると、先ほどと同じようにアトモスの魔書が光を発した。

あまりの明るさに、思わず目を瞑る。

十秒ほど経って光が収まったので、目を開けると、そこは既にダンジョンの中だった。

周囲は遺跡風であり、その壁面には幾何学模様が彫《ほ》られている。

僕は昔を思い出しながら、懐かしい気持ちになる。

周囲を見回すが、やはり皆の姿はない。

「さて、皆との合流を目指そうか!」

このダンジョンは、上層や下層などのフロア分けがない分、面積がかなり広い。

皆と合流出来るかは正直運しだいだけど、まずは歩かなきゃ始まらない。

僕は手の紋章の中からシドラを召喚すると、ダンジョンを進み始めるのだった。

番外編

Makyo Sodachi no
All-rounder Ha
Isekai de Suki Katte Ikiru!!

第一話　英雄の真実（実はシオンは……）

リュカがカナイ村に向かう少し前。

リッカ、ガイアン、シオン、グロリアの四人はファークラウド大陸を歩き、サンデリア港に向かっていた。

四人が街の街路を歩いていると、突如として、大勢の龍が空中より降り立ち、四人を取り囲む。

突然のことに驚きつつも、四人は武器を構え警戒態勢をとる。

その後、龍の軍団から、ひと際大きくて赤い龍が一匹、前方に現れた。

『貴様がシオン・ノートだな？』

赤龍は威圧感のある声でそう発した。

リッカがシオンに顔を近づけ、尋ねる。

「この龍、シオンのことを知っているみたいだけど、知り合い？」

「リュカさんじゃあるまいし、ボクに魔物の知り合いはいませんよ」

リュカと因縁があった魔物カトゥサを思い出し、シオンは答えた。

しかし、今度はガイアンが言う。

「とは言っても、あちらさんはお前を名指ししているぞ。本当に覚えはないのかよ？」

「うーん。どうだったかな……」

（龍の知り合いと言われても、そもそも僕が龍と対峙《たいじ》したのは、ボクが英雄と呼ばれる様になった切っ掛けの依頼、ツインヘッドドラゴンを討伐した時くらいだ）

どれだけ考えても心当たりがなかったシオンは、素直に尋ねることにした。

「ボクにはお前に名指しされる覚えはないぞ！　お前は誰だ？」

『何をとぼけているのだ！　貴様は我が主である第七の魔王・ダヴィルスゲェイガー様を屠《ほふ》ってくれただろう！』

「え!?」

赤龍は怒りを滲ませた声で言うが、シオンは思わず呆けた声を上げる。

（第七の魔王……ってなんのことを言っているんだ？　そもそもボクが戦ったことのある魔物で会話が出来たのは二匹だけだぞ。でも一匹目の、ザッシュと旅をしている最中に出会った奴は第六の魔王の配下って言ってたよな。二匹目のカトゥサも自分は魔王じゃないって言っていたし……）

ますます混乱するシオンをよそに、ガイアンとリッカは興奮したように言う。

「おいおい!?　シオンは魔王を倒したことがあったのか？」

「それが本当なら、リュカ兄ぃと一緒ってことだよね！」

しかし、そんな二人に対して、シオンは冷静に言う。

「いや、ボクには本当に身に覚えがなくて……ちなみに聞きたいんだけど、その魔王ってどんな姿をしている奴だったのかな？」

シオンが再び赤龍に尋ねると、赤龍は吠《ほ》えるように叫ぶ。

『貴様！　ダヴィルスゲェイガー様のことが分からないというのか？　ダヴィルスゲェイガー様は暴食の魔王と呼ばれている、二つ首を持つお方だ！』

（二つ首……？　えぇ!?　あのツインヘッドドラゴンのこと？　でもアイツ人の言葉なんて喋らなかったし、そもそもあんまり強くなかったぞ！　あんなのが魔王!?）

シオンが内心驚いて目を見開いているとその考えを見透かしたかのように、リッカとガイアンが言う。

「やっぱり覚えがあったみたいね？」

「リュカだけではなく、シオンも魔王を倒していたなんてな！」

しかし、シオンは遠慮がちに答える。

「いや、あの、あれは魔王と呼ばれるほど強くなかったんです。それに兄弟と一緒に倒したので、僕の力だけじゃありませんし」

『ぐぬぬ、どこまでも馬鹿にしよって！』

そう言って赤龍が吠えると、四人を取り囲んでいた龍の大群が空を飛び回りながら臨戦態勢をとる。

その様子を見て、先ほどまで黙っていたグロリアが言う。

「三人とも、この話は一旦置いておきましょう。相手はこれほど大勢の龍です！」

「……確かに、流石にこれだけの龍を目の前にして緊張感がなさすぎたな」

ガイアンは表情を引き締め言うが、シオンとリッカは言う。

「……とは言っても、少し前に出会ったカトゥサに比べると、こいつらかなり弱いですよ。数が多いだけで、一体一体は大した強さじゃなさそうです」

「確かにそうかもね。カナイ村に出てくる龍族に比べると、体も小さいし、スピードも全然大したことないよ」

その言葉を聞いて、先ほどまで緊張感を持っていたグロリアは拍子抜けしたような表情を浮かべる。

「あの、あまり強くないとは？」

「もしかしてグロリアって、相手の魔力を探るのが得意じゃない？　あの龍達、魔力をほとんど持ってないみたいだよ。グロリアの砲撃なら、あっという間に蹴散《けち》らせると思う」

「では、試しに……」

グロリアはそう言って、創造魔法を発動し、巨大な砲台を具現化させる。

そしてそれを操り、砲弾を発射した。

砲弾が空中で爆発すると、複数匹のドラゴンが地面に落ちてくる。

「おぉ！　確かに、アイツ大したことなさそうだぞ！　それなら俺も！」

その様子を見たガイアンも、意気揚々と飛び上がり、空を飛ぶ龍達に攻撃を始めた。

「それじゃあ私もガイアンとグロリアを手伝うから、シオンはあの大きいのを頼んだよ」

「わかりました！　任せてください！」

シオンがそう叫ぶと、皆はそれぞれ散開し、ドラゴンに向かった。

シオンは目の前にいる赤龍を見て言う。

「ボクは君を相手にするよ。とはいえ、あんまり戦いたくないから、出来れば引き返してくれないかい？」

『なんだ、魔王様を倒したゆえの余裕なのか？　だがな。我は魔王様の敵《かたき》を討ちにきたのだ。その我が逃げ出す訳がなかろう！』

赤龍はそう言うと、突進をシオンに仕掛ける。

しかし、シオンは難なくそれをかわした。

（うーん。やっぱりこいつも大して強くなさそうだな。でも、改めて考えてみると、どうやってコイツを倒そうか。さっきは勢いに任せて、リッカさんに「任せてください！」なんて言っちゃったけどさ）

シオンは現在、『攻撃魔法が使うことが出来ない』という呪いにかかっている。

とはいえ、覚醒状態であればその呪いは解除されるのだが、今のシオンはカトゥサとの戦いの後遺症で覚醒をすることが出来ない。

つまり、攻撃手段がない状態なのだ。

シオンは赤龍の攻撃を次々とかわしながら、周囲に視線を向ける。

（うーん。誰かこっちに応援に来てくれないかな……でもあのドラゴン達数だけは多いし、もうちょっとかかるかも……）

グロリアは砲台で、リッカさんは聖属性魔法と聖剣シャンゼリオンで、ガイアンは拳で次々と龍を仕留めているが、それでもシオンの元に辿り着くのにはもう少し時間がかかりそうだった。

シオンは頭を悩ませていると、ひとつの案を思い付き、自らの持つ聖杖、クルシェスラーファに声を掛ける。

「ねぇクルシェスラーファ。剣になれない？」

《剣？》

「ほら、リュカさんのお母さんに呪いを一部解いてもらったから、今の僕なら武器での攻撃は出来るでしょ」

《あぁ、そういうこと。剣の形態にはなれないけど、魔力剣なら杖の先端から出せるわ》

「それって以前に教えてもらった、固有魔法の［マジックブレイド］を使うってこと？」

《そうよ、発動する？》

「うん、お願い！」

そう言うと、杖の先端の宝玉から魔力の刀身が出現した。

「よし。これなら、柄が長い剣だと思えば使えそうだね」

シオンは赤龍の前でクルシェスラーファを構えた。

すると、赤龍が言う。

『なんだ、先ほどまでは逃げてばかりだったのに。ようやく向かってくる気になったのか？』

「待たせてごめんね、始めようか！」

『ふっ、逃げるばかりの腰抜けっ――』

突如として、赤龍は苦しそうな声を上げ、地面に伏せた。

『き、貴様！　一体何をした!?』

「ボクは剣士ではないですからね、いきなり剣で斬りかかるような危ない戦い方はしませんよ」

シオンの呪いは、あくまで攻撃魔法を使えなくするものだ。

そのため、シオンは自身が使用可能なあらゆる弱体魔法を総掛けし、赤龍を弱体化させたのだ。

そのせいで、赤龍は空を飛ぶことも、動くことも出来なくなっている。

(うーん。それにしても、弱体魔法の効力が上がったなぁ。やっぱりカナイ村でカーディナル様やトリシャさんに指導してもらったのが効いているんだろうか)

シオンは魔法の手ごたえを感じ、回想する。

(……まぁ、あの指導はめちゃくちゃきつかったし、上達して当然か。リュカさんも修業中に何度も死んだことがあるって言っていたし)

シオンがそんなことを思いながら、赤龍に近づく。

『貴様！　正々堂々と戦うことは出来んのか!!』

「あれ、まだ喋れたの？　話すのも相当辛いと思ったんだけど……」

シオンはそう言うと、闇魔法の［暗鎖《あんさ》］で赤龍をがんじがらめにし、さらに重力魔法の［ギガノグラビティ］を掛ける。

『貴様……許さんぞ！』

しかし、それでも赤龍は諦めず、賢明に顔だけを動かし、口をシオンの方向へ向ける。

赤龍は大きく息を吸い込み始めると、口を開いて炎のブレスを吐いた。

だがシオンはあっさりと［マジックシールド］を展開し、炎のブレスを全てガードする。

『な、何だと!?』

「体が拘束されていて頭が無事なら、ブレスを吐いてくることなんて容易に想像出来るよ」

『グ、グゥゥゥゥゥゥ！』

赤龍は悔しさのあまりジタバタと暴れだした。

力ずくで拘束を無理やり解こうとしているが、［暗鎖］はびくともせず、ぎちぎちという音が周囲に響くだけだった。

赤龍がそんなことをしていると、シオンの後方から声がする。

「何よシオン、まだ終わってなかったの？」

戦いを終えたリッカが戻ってきたのだ。

「もうすぐ終わりますよ。それよりも、そっちはもう終わったんですか？」

「うん。全部雑魚だったよ。あれなら村に出てくるワイバーンの方がまだ強いわ」

ワイバーンは龍種の中でも最底辺に位置する魔物だ。

しかし、それでもカナイ村の環境で育ったワイバーンは、並の龍を遥かにしのぐ強さになっているのだ。

シオンは周囲を見回しながら言う。

「いたるところに龍の死体があって、あんまりいい景色じゃないですね……グロリアさんとガイアンさんは？」

「二人とも順調に敵を倒していたみたいだけど……あ、戻って来たわ！」

リッカの指さした方向から、ガイアンとグロリアが並んで歩いてくる。

そして、四人は合流した。

それを見た赤龍は、信じられないといった表情をしていた。

『我が配下を全て倒したというのか!?』

「みたいですね。僕の仲間を倒すには、貴方の配下では力不足だったということでしょう」

『ぐっ、ぐっ、こうなれば最後の手段だ！』

赤龍は大きく息を吸い込んだ。

シオンは再びブレスを警戒し、マジックシールドを前方に発動した。

しかし赤龍は息を吸い込み続ける。

すると、赤龍の全身が光り、大きく膨らみ始めた。

その様子を見て、先ほどまで余裕そうな様子だったリッカが、慌てて言う。

「魔力が桁外《けたはず》れに高まってる！　シオン、ガイアン、グロリア、今すぐ私の近くに来て！」

その言葉を聞き、三人はリッカの近くに寄る。

すると、リッカは四人を囲むように正方形の結界を展開した。

赤龍はそれを無視して限界まで膨らむと、そのまま大爆発を引き起こした。

周囲に爆風と爆炎が広がる。

リッカの結界はそれらを全て防いでいくが、徐々に四人のいる地面に亀裂《きれつ》が走り始めた。

地面に広がった亀裂が突如として一気に広がり、四人は穴の中へと落ちていく。

「これは!?」

自分達が落下していることに驚きつつ、リッカは自分達の周囲の結界を強めた。

そのまま十秒ほど落下し続けた所で、四人は結界ごと地面にぶつかった。

しかし、リッカの結界は優秀で、中へは僅かに衝撃が届くだけだった。

「あいたたた……まさか地面が割れるなんて」

シオンの言葉を聞き、グロリアとガイアンが答える。

「結構深くまで落ちましたね?」

「だな。空が随分高い」

「まぁ、とりあえず浮遊魔法で地上まで戻ろっか。グロリアのことはガイアンが抱えてよ」

浮遊系の技術を持っていないグロリアを気遣ったリッカの言葉にガイアンが頷く。

しかし、グロリアは恥ずかしそうに俯いて言う。

「あの……私は……その、種族の関係もありまして、普通の人よりも体重が……」

「重いのか？　全然そんな風には見えんぞ」

ガイアンはそう言うと、グロリアの腰を抱え、持ち上げようとする。

しかし、グロリアは全く浮かび上がることがなかった。

「ふ、ふぬぬー！」

いくらガイアンが力を入れようと、グロリアはピクリともしない。

ガイアンとグロリアの間に微妙な空気が流れる。

その様子を見ていたリッカがガイアンに近づき言う。

「ちょっとガイアン！　女の子に恥かかせるなんて情けなさすぎ！」

「す、すまん……」

「いえ、いいのですリッカさん。悪いのは私ですから……」

三人がそんなやり取りをしている横で、シオンは一人周囲を観察していた。

「あっちから風の流れを感じるな？」

シオンはそう呟き、光属性の補助魔法で、周囲を照らす。

すると、前方に大きな空洞《くうどう》が広がっていることに気が付いた。

「皆さん！　ちょっとこれを見てください！」

シオンがそう言うと、三人は彼の視線の先に顔を向けた。

ガイアンが言う。

「こいつは、バカでかいトンネルみたいだな。でもなんでこんなものが街の地下に……」

「あっ、これって、ヴォルスキアの海底トンネルじゃない？」

リッカの言葉を聞いて、先ほどまで恥ずかしそうにしていたグロリアは切り替えたように言う。

「それって確か、大昔に作られた、大陸間を移動するトンネルのことですよね」

「そう。確か昔はこの辺りの海は潮の流れが悪くて、船が使えなかったんだって。でも今は流石に使われていないはずだけど？」

「確かにリッカさんの言う通り、かなりボロいというか、年季が入った感じですね」

シオンは周囲を見回しながらそう言った。

「だが、このトンネルを通っていけば、地上に出られるということだろう!?　ならここを歩こうぜ！」

ガイアンの言葉を聞いて、他三人は少し考えた後に頷く。

そして、四人は海底トンネルを歩き出したのだった。

第二話　海底トンネル（どこに繋がっているんでしょう？）

四人が海底トンネルを歩き出して三十分ほどが経った。

特にトラブルは起きず、順調に歩みを進めている。

ちなみに全員の足には、移動速度を上げるシオンの補助魔法を掛けてあった。

しかし、グロリアは浮かない顔をしていた。

それを見つけたリッカが言う。

「グロリア、元気ないけどどうしたの？　さっきの浮遊を気にしてるなら平気だよ！　あれはガイアンが情けないのが悪いんだから！」

「お気遣いありがとうございます、リッカさん。いえ、でも悪いのは私です……それに、先ほどのことだけを気にしている訳でもありませんので……」

「他に気になることがあるの？」

「ここでは私はあまり活躍出来そうにないなぁ、と……」

「どうして？」

「ここで先ほどのように砲台を使ったら、トンネルが崩れてしまうかも知れないでしょう？　でも私は細かいものを創造するのはそこまで得意ではないですから……」

するとと、その言葉を聞いて、ガイアンが明るい口調で言う。

「なら俺に任せろ！　さっきはふがいない所を見せちまったからな。今度は活躍してやるぜ」

そう言って、わざとらしく筋肉を強調するガイアンを見て、グロリアもようやく楽しそうに笑ったのだった。

三人の様子を見ていたシオンは、和《なご》やかな空気になったのを見て言う。

「それにしても、ここに魔物はいないんですかね」

「まぁ、このトンネルも長いこと使われていないみたいだしな。いても小さい虫くらいじゃないか？」

「虫ですか……ちょっと苦手なんですよね」

シオンが嫌悪感を滲ませて言うと、リッカが意外そうな顔をする。

「あれ？　でもシオンってカナイ村で、リュカ兄ぃとゲーリベラルウォームを倒しに行っていなかったっけ。あの時は平気だったの？」

ゲーリベラルウォームとは、カブトムシに近い、全長二十センチほどの魔獣だ。

しかしカナイ村の過酷な環境で育ったゲーリベラルウォームは、一メートルを超えるほどの大きさをしている。

「大きい虫なら、そこまで気にならないんですよ。カナイ村にいたのは、ボクの知っているゲーリベラルウォームとは全然違いましたし……」

「なら、シオンの苦手な虫ってなんなの？」

「そうですね。ギヴェリアンは特に苦手ですね。あの茶色いテカテカとした表面がちょっと……」

「ギヴェリアンか、俺も好きじゃないな……」

シオンの言葉を聞いて、ガイアンも納得したように言う。

ギヴェリアンとは全長十センチ程のゴキブリ型の魔獣だ。

戦闘力はほぼないが、その見た目と動きの気持ち悪さから、多くの者に嫌われている。

すると、二人の様子を見たリッカが愉快気に笑った。

「ふふ。二人がカナイ村にいるキングギヴェリアンはを見たらどうなっちゃうんだろうね」

「「キングギヴェリアン!?」」

「カナイ村にいるキングギヴェリアンは、体長が三メートルくらいあるかな？　森の掃除屋という異名を持っていて、他の魔獣とよく喧嘩している姿を見るけど……」

三メートルのギヴェリアンを想像し、シオンは思わず震え上がった。

笑みを浮かべるリッカに驚愕の視線を向ける。

「なんていうか……リッカさんは、怖い物とかはなさそうですね」

「失礼ね。私にだって苦手な物はあるわよ！　虫とかの類は、対処法を知っていれば怖くないってだけ！」

そう言って、シオンとリッカが軽い言い争いを始めた横で、ガイアンが言う。

「ちなみに、グロリアは苦手な物とかあるのか？」

「私はスラッグルの類が苦手ですね、あの粘液質《ねんえきしつ》な体が厄介で……」

「スラッグルって、ナメクジみたいな魔物だよな？」

「はい。以前スラッグルの討伐任務に駆り出されたことがあるのですが……スラッグルには砲撃が粘液で弾かれてしまい、それ以来苦手になってしまったのです」

「へぇ。でも、ここはジメジメしているし、もしかしたら出くわすかもな」

「そうならないことを祈りますね……」

そんな風に雑談をしながら、四人はトンネルを進んでいった。

丸一日歩いた後で、四人はシオンの収納魔法にしまわれたキャンプ道具で身を休めた。

そしてさらにその翌日。四人が再び歩いていると、トンネルの壁面にプレートが埋め込まれているのを発見する。

そのプレートには、『ここより先、海』と掠《かす》れた文字で書かれてあった。

それを見てガイアンが言う。

「足に強化魔法を掛けて、結構な速さで進んできたつもりだったが、まだ大陸内だったんだな」

「まぁ、大陸の横断になりますからね。ある程度の時間は掛かりますよ」

シオンはそう言うと、リッカとグロリアがプレートの奥の道に視線を向ける。

「ここからしばらくは、道が緩い下り坂になっているみたいだね」

「海底に向かって進んでいくんだと思います」

その言葉を聞き、シオンは光魔法の［光球］を暗くなっている道の先の方まで飛ばした。

光はある程度の距離まで進み、破裂。

それを見て、ガイアン、リッカ、グロリアが言う。

「これは……まだまだ距離があるな！」

「ここから先はより湿度が高そうだし、なんか滑《すべ》りそうね……」

「慎重《しんちょう》に進まないといけませんね……」

こうしてシオン達は、海底トンネルを下っていった。

歩けば歩くほど、シオン達が感じる空気が冷たくなっていく。

半日ほど歩き続けると、下り坂が終わった。

四人の前に広く開けた平らな道がに広がる。

それを見て、シオンが言う。

「海底のさらに下に来たってことですかね？」

「そうだろうな！　だが、まだ先はあるみたいだぞ」

開けた道の先も暗くなっており、まだまだ出口は見えていない。

グロリアは周囲を見て言う。

「そもそもこのトンネルはどこに繋がっているんでしょう？」

「確かにね？」

リッカも首を傾げるが、考えた所で答えは出ない。

「まぁ、進んでみるしか今はないだろう」

ガイアンの言葉に頷き、皆は再び歩き始めた。

すると、リッカが冗談っぽい口調で言った。

「それにしても、ずっと魔物に遭遇しないと、逆に落ち着かないね。ていうかこれまでの経験から考えると、このまま無事に外に出られる気がしないっていうか……」

「おい、リッカ……縁起《えんぎ》でもないこと言うなよ」

ガイアンの言葉に、シオンも同意する。

「僕達の足音しか聞こえませんし、魔物と遭遇するなんてないと思いますけどね」

「私もそう思います。プレートの位置からかなり進んでは来ましたが。結局何にも遭遇しませんでしたから」

そんなことを言いながら歩いていると、トンネルの高さ、幅ともにどんどん大きくなっていく。

さらに、周囲に壊れた小屋等の建物が現れ始めた。

周囲を見て、リッカが言う。

「これ、何かな?」

「当時使われていた、簡易《かんい》の休憩場とかじゃないか? これだけ長いトンネルだ。そういう物があっても不思議じゃないだろう」

「なるほどね。あり得るかも」

「そんなものまで……このトンネル一体誰が作ったんですかね? 人の手では、こんな高さのトンネルを作るの、凄く大変だと思いますけど」

シオンが首を傾げながら呟くと、グロリアが答える。

「トンネルの高さから考えて、巨人族が作ったのではないでしょうか?」

「巨人族?」

「はい。巨人族は平均四メートルほどの大きさがありますが、このトンネルの幅や高さはそれより少し大きいくらいですから」

グロリアの言葉を聞いて、シオンは周囲を見回した。

確かに彼女の言う通り、このトンネルの幅は半径五メートルほどである。

「あれ、巨人族って、十メートルくらいの大きさって聞いたことあるけど」

リッカが思い出したように言うが、グロリアは答える。

「いえ、そこまで大きくはないですよ。まぁ、エルダージャイアントならそれより大きい個体もいますが」

エルダージャイアントとは、巨人族の上位種で、山よりも大きいとされる伝説上の存在である。

すると、その話を聞いたガイアンは言う。

「グロリア。巨人族に随分詳しいな?」

「お伝えしていませんでしたっけ。私は、父が巨人族で母がラミア族なんです」

「なるほど、だから詳しい訳か」

ガイアンは納得したように頷いた。

シオンは何気ない口調で言う。

「確かにグロリアさん、大きいですもんね」

グロリアはパーティの中で、一番の高身長の持ち主だった。

ガイアンは一般的にはかなり大きいのだが、グロリアはそれよりもさらに大きい。

「ちょっとシオン！　女性に身長のことを言うのは失礼でしょ！」

リッカはそう言って怒鳴るが、グロリアは穏やかな笑みを浮かべる。

「いいんですリッカさん。昔は自分の身長が気になることもあったけど、今は誇りに思っているくらいですから」

そのやり取りを聞いて、シオンは頭を下げる。

「すみません、グロリアさん。無神経なことを言ってしまって……」

「気にしないでください。シオン君」

すると、今度はガイアンが言う。

「ちなみに、ラミア族というのはなんなんだ？　俺はよく知らないんだが」

「ラミア族とは上半身が人間の体で、下半身が蛇《へび》の体をした種族です。人と積極的に関わる種族ではないので、皆さんが知らないのも無理はありません」

「人との交流が少ない種族なのか？」

「はい。魔王サズンデスが生きていた時代は、ラミア族は見た目を理由に人間に襲われることがありました。その名残《なごり》で今も人間と交流するラミア族は少ないんです」

「ほぉ、初耳だ」

「しかし、英雄ダン様が魔王を倒し平和な時代がやって来たことで、種族間の争いは徐々に少なくなり、現在では人との交流も少しずつ増えてきてはいますけどね」

「なるほど、英雄ダンは本当に立派だったんだな！」

シオンも感心した様に頷きながら言う。

「でも、グロリアさんは普通の人間と同じ体ですよね」

「私はハーフですので、自分の意思でラミアの姿になるか、人間の姿になるかを調整出来るんです。まぁ、感情の起伏が大きくなると、ラミアの姿になってしまいますが……」

「そうなんですか。ラミアの姿も見てみたいなぁ」

「シ～オ～ン！　だから失礼でしょ！」

リッカが怒り声でシオンに顔を寄せた。

シオンは俯くと、再び謝罪の言葉を口にする。

それをグロリアは微笑みながら見ていたのだった。

翌日、シオン達はトンネル内を歩いていた。

その時、リッカが叫ぶ。

「皆待って！　私の索敵魔法に、怪しい魔力反応があったよ！」

「僕も見つけました。前方、十分ほど歩いたところにいますね！」

その言葉を聞き、ガイアンとグロリアも気を引き締めた。

ガイアンが言う。

「くそ……リッカの言っていたことが現実になったな」

「ちょっと！　私のせいって言いたいの⁉」

「悪い悪い。冗談だよ」

そんな話をしながら、四人は武器を構えつつ進む。

そして、怪しげな反応のすぐ近くまで辿り着いた。

シオンが強力な光魔法を展開すると、十メートルほど先に魔物の姿が現れる。

その魔物は全長二メートルほどで、エビのような姿をしていた。

シオンが言う。

「あれは……エビでしょうか？」

「確かに似ているが、エビにしては前腕が大きすぎじゃないか？　グローブをしているみたいだぞ」

「そもそも、地上にエビがいるのもおかしな話ですよね」

ガイアンとグロリアの言う通り、魔物の前腕のみ、異常に発達している。

シオンは緊張した面持ちで、魔物に鑑定魔法を掛けた。

「……だめですね。何も情報が出てきません」

鑑定魔法は、お互いの実力が近いと、結果が表示されないことがある。

つまり、目の前の魔物はそれほどの相手だと言うことだ。

今度はリッカが鑑定魔法を使う。

「……ダメ……私も、アイツがシャコっていう種族ってことしか分からないわ」

その言葉を聞き、ガイアンが言う。

「それなら、まず俺が調べてくる！」

そう言ってガイアンは駆けだすと、シャコの目の前に駆け寄る。

ガイアンは拳を振りかぶったのだが、その瞬間、シャコの前腕が一瞬揺れた。

その瞬間、突如としてガイアンがものすごい勢いで後方に吹き飛ぶ。

「「「ガイアン！」」」

三人が地面に転がったガイアンに駆け寄る。

リッカは潰れ掛けたガイアンの顔に回復魔法を掛けた。

すると顔が元通りになり、ガイアンは起き上がった。

「はぁっ！　た、助かったぜリッカ。だが、何だ今のは……奴の攻撃が全く見えなかった」

「ガイアンさんの目でも捉《とら》えることが出来なかったということですか」

「あぁ。奴のグローブみたいな手が消えた瞬間に、俺の顔にとても重たい一撃が入った！　おそらくパンチをされたんだろうが……」

ガイアンの言葉を聞き、今度はグロリアが言う。

「なるほど、では私も試してきます」

グロリアはそう言うと、創造魔法で巨大な盾を生み出し、それを構えながらシャコに近づく。

だが、シャコが再び前腕を動かした瞬間、グロリアの盾が砕かれ、グロリア自身も吹っ飛ばされる。

だが、ガイアンの時より勢いは明らかに遅く、グロリア自身も怪我をしてはいない。

ガイアンが飛び上がるとグロリアを受け止め、言う。

「大丈夫かグロリア？」

「はい、ですが……確かに動きが全く見えませんでしたね」

「それじゃあこれを試してみるね。［ファイアランス！］」

今度は炎魔法、［ファイアランス］を放った。

炎の槍がシャコに迫る。

しかし、エビの腕が動いた瞬間、ファイアランスはかき消えた。

「まさか、パンチで魔法までかき消したというの？」

シャコは魔法をかき消したことで興奮し、四人に向かって突っ込んでくる。

「シオン！　俺に強化魔法を！」

「は、はい！」

シオンは全力の強化魔法をガイアンに掛ける。

ガイアンは一人前衛に出て、シャコと向き合う。

シャコは先ほどと同じく凄まじい速度で前腕を振るう。

しかし先ほどと違い、ガイアンは何とかその拳をかわしていく。

「私も手伝います！」

グロリアはガイアンの元へ向かう。

リッカはグロリアに強化魔法を掛けると、ガイアンとグロリアが前衛、シオンとリッカが後衛という構図になった。

ガイアンとグロリアは連携を取りながら、何とかシャコの攻撃をいなしていく。

しかし、二人がかりでも完璧に対処することは出来ず、徐々にガイアン達は押され出した。

その様子を見て、シオンは焦りながら言う。

「リッカさん、どうしましょう⁉」

「普通の魔法が効かないとなると、複合統一魔法しかないかな。シオンは出来る？」

「いえ、ボクには無理です！　リュカさんやカーディナル様に何度か指導をしてもらいましたが、一切出来ませんでした。それにそもそも今の僕に攻撃魔法は使えません！」

「あっ、そっか！　私は複合統一魔法は出来なくはないんだけど、今の魔力の調子が出来るか微妙なんだよね……」

「それなら、僕が補助魔法で助けます！」

その言葉にリッカは頷くと、目を閉じて詠唱を始めた。

「極北《きょくほく》に存《そん》する冷氷《れいひょう》の――」

より威力を高めるため、リッカは丁寧に言葉を紡ぐ。

そして、シオンがその隣で全力の補助魔法を掛けていく。

徐々にリッカの魔力が高まり、空中に水の塊が発生した。

リッカはまず氷魔法、その後に炎魔法を使い、複合統一魔法を発生させるつもりなのだ。

水の塊はグングンと巨大になり、その温度が下がっていく。

「くっ――制御が……」

リッカが苦しそうに言うと、水の塊が徐々に揺れ出す。

「あぁ、ごめん！　やっぱり無理！」

リッカは目を開いてそう叫ぶと、ただの水をシャコに向かって放ってしまった。

シャコは何でもないような様子で、迫りくる水球に前腕を振るう。

すると水球は砕け、周囲に水が飛び散った。

その水が、たまたまガイアンにも直撃する。

「冷てぇ！　なんだこれは……冷水か!?」

「ごめんガイアン。私が魔法を失敗しちゃって」

ガイアンは寒そうに身を震わせる。

しかし、それと同時に、シャコの前腕から大量の湯気が出ているのがシオンの目に入った。

「これは……一体」

「……えっと、今改めて鑑定魔法を使ったけど、シャコの前腕はあまりにも速く動かしすぎて、超高温になってたんだって」

「えぇ……そんなことがあるんですか？」

シオンが半信半疑でいると、シャコの前腕は突如としてヒビが入り、そのままバキンと砕け落ちた。

「異常な速さのせいで高熱化していた腕が、急速に冷やされたことで劣化したってことでいいのかな」
まさかこんなことになるとは思えず、シオンとリッカは首を傾げた。
その他の人々も、まさかこんなことになるとは思えず、拍子抜けといった様子だ。
シャコは両腕を失ったことにより、ジタバタと慌てだす。
だがもう攻撃手段がなくなったシャコは怖くない。
リッカは簡単な炎魔法を放つと、シャコは全身が燃え上がった。
しかし、そこでシャコは最後の悪あがきを始める。
シャコは炎に包まれながら、手あたり次第に壁に体当たりを始めた。
自らの体に灯った火を消そうとしているのだ。
その度に振動でトンネル内の壁には亀裂が入り、周囲から大量の岩や石が降ってくる。
「やばいな、このままだと……この辺り一帯は崩壊するかもしれないぞ！」
「それならもう一度！」
リッカはそう言って、シャコに最大威力の炎魔法を放った。
全身が燃えがったシャコは全身を真っ赤にして、絶命する。
しかし、一度崩れ出したトンネルの崩壊は止まらない。
その様子を見て、リッカが焦りながら言う。

「皆逃げよう！」

「でも、道の先まで崩れてしまってますよ！　それにさっきの戦いで魔力をだいぶ使ってしまい、全員の足へ補助魔法は掛けられません！」

「おいおい、このまま生き埋めになるんじゃないか!?」

シオンとガイアンも慌てた様子で叫ぶ。

しかし、グロリアだけは落ち着いた様子だった。

「正直、あまり使いたくはありませんが、今は非常事態ですからね……皆さん！　私に任せてください！」

そう叫んだ瞬間に、グロリアの体が光りだした。

次の瞬間、彼女の下半身は蛇となり、全身の肌が青色に変わる。

加えて、彼女の体格は一回り大きくなっていた。

グロリアがラミアの力を解放したのだ。

「皆さん、私に掴まってください！　急いでこの場から離脱しますので」

三人はグロリアの変化に驚きつつも、急いで彼女の体に掴まる。

グロリアは凄まじい速さでその場から移動を始めた。

遮蔽物《しゃへいぶつ》があろうと、ラミアの強靭な下半身には関係ない。

四人は一瞬の内に、崩壊地帯から抜け出したのだった。

四人は十分ほどグロリアに乗って移動を続けた。

既に崩壊地帯は抜け、周囲の振動も収まっている。

周囲の様子を見て、シオンは言う。

「とりあえず、無事脱出出来てよかったですね。あとはさっきの崩壊が海にまで達していないのを祈るだけです」

「だな。浸水してきたら洒落《しゃれ》にならんし、このトンネルをとっとと抜けたいものだが……」

「って、もしかしてあの先、突き当たりなのでは？」

グロリアの言う通り、四人の前方は突き当たりの岩壁になっていた。

そこまで辿り着いた後、リッカが言う。

「ここが突き当たりみたいだけど、出口がないよね？」

「探してみるか！」

そう言って、ガイアン、シオン、リッカの三人はグロリアから降りる。

それと同時にグロリアは元の姿に戻った。

しかし、直後、グロリアはよろめく。

リッカは肩を貸してグロリアを支えた。

「グロリア、平気?」

「大丈夫です。ただ、あの姿は魔力の消費が激しくて……」

「そっか……助けてくれてありがとねグロリア」

リッカはそう言うと、グロリアに回復魔法を施した。

シオン、ガイアンもグロリアに感謝を伝える。

その言葉を聞き、グロリアは穏やかな笑みを浮かべたのだった。


リッカ、シオン、ガイアンの三人は周囲の壁を調べ始めた。

そうして十分ほど経った後、ガイアンが声を上げる。

「おい、ここにボタンがあったぞ」

全員がガイアンの元へ集まる。

確かに、岩のかげに赤いボタンが配置されていた。

「押してみるぞ。いいか?」

皆が頷いたのを見て、ガイアンがボタンが押す。

突き当たりの壁が地面に収納され、その先に上り坂が出現した。

坂の上からは、光が差し込んでいる。

四人はその光を頼りに、坂道を歩く。

すると、四人は地上に出ることが出来た。

グロリアが目の前に広がる海を見ながら言う
「ここは島でしょうか？」

「とりあえず、周囲を見てみよう。グロリアはここで休んでいて」

リッカの言葉を聞いて、皆が頷く。

そして、シオン、ガイアン、リッカの三人は歩き出した。

三人が十分ほど歩くと、港を発見した。

「これは、モィレル港？」

シオンの言葉を聞いて、ガイアンが言う。

「モィレル港って、過去に魔王サズンデスの配下が壊滅させた場所か？　今は問題なく船が出ているみたいだが」

「そうです。魔王サズンデスがここを滅ぼしたのは、海底トンネルの入り口があったからかもしれませんね」

「なるほど。厄介な道を潰そうとした訳か」

その言葉を聞いて、リッカは言う。

「はぁ～、それにしても、久しぶりの日の光だねー！」

「そうですね。心地いいです！」

ガイアンとシオンの言葉に、リッカも頷く。

三人の目の前には、広大な海が広がっている。

こうして、シオン達は海底トンネルを抜け、モィレル港へと辿り着いたのだった。

◆　◆　◆　◆

シオン達が海底トンネルを脱出してから数日が経った後、シャコがいた場所に忍び寄る一つの影があった。

「おいネグドディザスター、この辺りは岩だらけだが、本当に魔剣の反応があるのか？」

影の主、ザッシュ・ゴーダが問い掛ける。

《そうだ。その岩の下に反応が見られるな！》

「嘘ではないな？」

そう言って、ザッシュ・ゴーダは剣を振るう。

すると、地面に転がっていた岩のほとんどが一瞬の内に消し飛んだ。

ザッシュ・ゴーダはネグドディザスターが示した先に視線を向ける。

「なんだこれ、真っ赤なエビの死骸か？　剣はどこにある？」

《そいつの腹の中だ》

ザッシュ・ゴーダは、横たわるシャコの腹をネグドディザスターで開いた。

するとそこには、短剣サイズの魔剣が存在していた。

魔剣からは怪しげなオーラが放たれている。

「これが持ち主の力を増幅《ぞうふく》させるという、増幅の魔剣なのか？」

《そうだ。おそらくこの魔物も強力な力を有していただろうな。だが、コイツはそれでも敗れたようだが》

「ほう」

ザッシュ・ゴーダはそう言って、増幅の魔剣を手に取り、眺める。

「おい、この魔剣からは、声が聞こえないぞ」

《今はショックで意識を失っているのかもしれんな。コイツはやかましい奴だったから、黙っている方が都合がいい。さっさと用事を果たしてしまおう》

ザッシュ・ゴーダは頷くと、増幅の魔剣の鍔に埋め込まれていた魔石を取り外した。

それを口に入れて呑み込むと、ザッシュ・ゴーダの体に魔力が広がって行った。
《おぉ、成功したようだな！　これでお前の力は増し、肉体もお前本来のものに近づくはずだ》
「おいおい、まだ俺の姿は元に戻っていないぞ。このゴーダという男の体は弱すぎるからこうしているというのに」
《なに。まだ魔力が足りないだけだ。もっと魔剣の核《かく》を取り込めば、じきに元通りになるだろう》
「ちっ、面倒だな。それで、次はどこに行けばいい？」
《次の上質な魔剣の反応は……ここからかなり離れているな！　エルドナート大陸だ》
「エルドナートか。シオンと会った場所だな！」
ザッシュ・ゴーダはそう呟くと、転移魔法で海底トンネルから移動した。
彼がどのように転移魔法を身に付けたのかは、いずれ明かされることになるだろう。

Re:Monster
リ・モンスター
1〜9・外伝
8.5
暗黒大陸編1〜4
金斬児狐
Kanekiru Kogitsune
シリーズ累計
170万部
(電子含む)
突破!
2024年4月4日〜
TVアニメ
放送開始!!
(TOKYO MX、BS11ほか)
ネットで話題沸騰
怪物転生ファンタジー
最弱ゴブリンの下克上物語 大好評発売中!
Re:Monster
リ・モンスター
金斬児狐
転生したのはまさかの最弱ゴブリン!?
【小説】
1〜9巻/外伝/8・5巻
◉各定価：1320円(10%税込)
◉illustration：ヤマーダ
新章
Re:Monster
暗黒大陸編
リ・モンスター
1
最弱ゴブリンから最強黒鬼 そして新世界の伝説へ
新たな旅が今始まる!
65万部!
新シリーズ!
【小説】
1〜4巻(以下続刊)
◉各定価：1320円(10%税込)
◉illustration：NAJI柳田
コミカライズも大好評
Re:Monster
リ・モンスター
1
転生したのは…最弱ゴブリン!?
異世界下克上
サバイバルファンタジー
累計23万部突破!!
待望のコミカライズ!!
【漫画】
◉各定価：748円(10%税込)
◉漫画：小早川ハルヨシ

この作品に対する皆様のご意見・ご感想をお待ちしております。

おハガキ・お手紙は以下の宛先にお送りください。

【宛先】

〒150-6019 東京都渋谷区恵比寿4-20-3 恵比寿ｶﾞｰﾃﾞﾝﾌﾟﾚｲｽﾀﾜｰ 19F
（株）アルファポリス書籍感想係

メールフォームでのご意見・ご感想は右のＱＲコードから、
あるいは以下のワードで検索をかけてください。

アルファポリス　書籍の感想　検索

ご感想はこちらから

本書は Web サイト「アルファポリス」（https://www.alphapolis.co.jp/）に投稿されたものを、改題・改稿、加筆のうえ、書籍化したものです。

魔境育《まきょうそだ》ちの全能冒険者《オールラウンダー》は異世界《いせかい》で好《す》き勝手《かって》生《い》きる!! 4
追《お》い出《だ》したクセに戻《もど》ってこいだと？そんなの知《し》るか!!

アノマロカリス

2024年 5月31日初版発行

編集－彦坂啓介・今井太一・宮田可南子
編集長－太田鉄平
発行者－梶本雄介
発行所－株式会社アルファポリス
〒150-6019 東京都渋谷区恵比寿4-20-3 恵比寿ｶﾞｰﾃﾞﾝﾌﾟﾚｲｽﾀﾜｰ19F
TEL 03-6277-1601（営業） 03-6277-1602（編集）
URL https://www.alphapolis.co.jp/
発売元－株式会社星雲社（共同出版社・流通責任出版社）
〒112-0005 東京都文京区水道1-3-30
TEL 03-3868-3275
装丁・本文イラスト－れつな
装丁デザイン－AFTERGLOW
印刷－図書印刷株式会社

価格はカバーに表示されてあります。

落丁乱丁の場合はアルファポリスまでご連絡ください。

送料は小社負担でお取り替えします。

ISBN 978-4-434-33929-5 C0093